COME TI SEQUESTRO LA PROF

Prima ristampa, maggio 2010

progetto grafico di Gaia Stock

La citazione della canzone dei Jarabe de Palo è tratta dal brano *Dipende*
di Donés Cirera - Cherubini,
Warner Chappell Music Italiana srl

Le citazioni della canzone degli 883 sono tratte dal brano *Come mai* di Pezzali - Repetto,
Edizioni DJ's Gang / Warner Chappell Music Italiana srl / RTI Music

La citazione della canzone degli Squallor è tratta dal brano *Albachiava*
di Cerruti - Bigazzi - Savio - Fado

ISBN 978-88-477-2318-4

www.edizioniel.com

Francesca Longo

COME TI SEQUESTRO LA PROF

Edizioni EL

Dedicato a lei e a te, che vi siete incontrati e dispersi,
costringendomi a vivere.

PROLOGO

Il telefonino suona implacabile. È difficile bloccarlo mentre stai cercando, in motorino senza casco, in doppio con Guz, di evitare i vigili. Certo, è un incubo, ma persino un incubo è meglio di quanto ti aspetta. Parte anche la sveglia e poi il resto della famiglia.

«Muoversi o arriverai in ritardo anche oggi». Ma tanto Schizzo sa che arriverà in ritardo. Anzi, alla prima ora proprio non si presenterà, quella interroga a tappeto. Ma come si fa a interrogare alle otto del mattino? Si tratta di decidere se tirare fuori la solita scusa dell'assenza della prof o alzarsi, lavarsi e infilarsi veloci al baretto. Oggi bar, visto che il vasto repertorio di scuse è già stato abbondantemente saccheggiato la settimana precedente ed è appena lunedí!

Schizzo si alza. Quella voce la perseguita in bagno, gracchia come una radio mal sintonizzata, sbiascica parole come colazione... non si può andare avanti cosí... se solo io avessi trattato mia madre come... sbrigati, non devi mica andare a teatro... abbiamo un bagno solo... cosa vuoi oggi per pranzo, per cena, a che ora...

Sono solo le sette e tre quarti e ancora non s'è concessa un minuto di respiro. Ma respira? Sospira. Sospira sempre. L'ultima frase, quella sul ballatoio, arriva come un rantolo. «Ma ti sembra questo il modo di vestirsi per andare a scuola? Copriti o...» Finita.

La casa è alle spalle. Cancellata. La radio s'è spenta all'improvviso e Schizzo torna ad essere sua. iPod e musica per affrontare anche questo giorno in questo mondo di alieni che macinano parole su parole per il solo gusto di ricordarti che ci sono. Loro, sempre loro, sempre presenti, con quello che hanno fatto e con quello che faranno, per te, per loro, per tutti. Ma ascoltano mai un po' di musica?

Anche Nihi ha scelto il bar. Si fa quell'ultimo tratto di strada assieme scambiando con brevi cenni indicazioni sui brani. Ognuna col suo ritmo. Le teste stonano, ma le gambe e le braccia vanno a tempo. In fondo Schizzo e Nihi amano la stessa musica, quella che solo degli sprovveduti possono scambiare per monotonia del suono. Monotona sarà, caso mai, la predica della mamma, ogni giorno uguale, parola per parola. Gli Startrashsound sono tutto tranne che monotoni.

"Alone is beautiful, but with the sound you're never alone..." *Alone* (pronunciato come è scritto) è una stupenda compilation, un cd scaricato da e-Mule e masterizzato da Pig, che oltre all'Adsl ha la fortuna di avere due genitori che lavorano la notte. Pig ha tutto dalla vita: quando si alza i suoi rientrano dall'ospedale. S'incrociano, si sbaciucchiano e, almeno fino al giorno libero di entrambi, ogni notte può fare quello che vuole del computer. Pig è solo, persino le nonne vivono lontane, e s'è organizzato bene. Le gare di playstation a casa sua sono il massimo, possono durare da quando i suoi escono per andare a lavorare fino a quando i tuoi ti rivogliono a casa. E lui resta e continua a giocare da solo. È fortunato. La mamma lo rifornisce di tutti i generi di prima necessità, dalle bibite alle merendine, alle patatine e ai popcorn. Deve solo scaldarsi la cena quando gli viene fame. In fondo si chiama Pig per questo...

Sul marciapiede, proprio davanti al portone del liceo, Vale e Big Jim si esibiscono nel loro quotidiano gruppo laocoontico, un groviglio di braccia e bocche che, agli inizi del grande amore, aveva irritato le bidelle. Poi anche loro hanno capito che scollarli era impossibile e se ne sono fatte una ragione, cosí ormai si limitano a segnalare a gesti il suono della campanella. Vale entra con abbondante ritardo, lasciando Big Jim nell'imbarazzo della scelta: raggiungere il proprio liceo o rinchiudersi al bar in attesa che il suo grande amore si liberi dalla schiavitú della scuola.

Poco distanti, il tatuatissimo Canna e il suo fedelissimo amico piercing dipendente Bis armeggiano con cartine, tabacco e quant'altro. Entreranno? Non entreranno? Dipende. "Da che dipende? Da che punto guardi il mondo tutto dipende..."

Chi arriva puntuale è Biflo, con il suo borsone di libri, brufoli e merenda, pane fresco e mortadella. E Firma, diritta e fiera sui suoi tacchi, avvolta in tutte le griffe che si recuperano in città, olezzante di creme e deodorante, fresca di piastra per capelli con solo una goccia di balsamo "arricciante" sulle punte. È impeccabile, al mattino a scuola cosí come al sabato sera in discoteca. Firma sa cosa vuole, nonostante l'età. Firma non beve e non fuma. Firma studia "q.b.", quanto basta, quanto basta a trovare chi la porterà altrove e la farà vivere come una velina. Le sarebbe bastato frequentare un calciatore, ma siccome la famiglia la vuole a scuola, Firma s'adatta. Sa svenire a istinto quando non vuol essere interrogata, ha un amico maggiorenne che le passa le traduzioni via sms sul cellulare, vanta un numero di nonne moribonde da scongiuro, ma siccome sa piangere bene e far squagliare ad arte il rimmel, nessun professore ha mai osato indagare sullo stato di salute delle vecchiette. E nemmeno sulla loro reale esistenza. È l'unica, in classe, che non calza orride barche nere maleodoranti imbottite di plastica, che non esibisce l'ombelico e valorizza la caviglia sottile con gonne appena sopra il ginocchio. Il prof di scienze l'ha subito notato, intuendo altresí che "l'alunna manifesta una particolare predisposizione per tutto ciò che attiene alla conoscenza del corpo umano e a quanto inerente alla materia". Voleva scriverlo nel giudizio di fine anno, ma ha preferito alla fine tenerlo come considerazione personale. Anche i professori sono esseri umani, ma è meglio non farlo sapere in giro.

Ucciucci scende dal macchinone di mamma, scaricando la criniera rasta e lo zaino. Abita lontano, questa è la terza scuola che cambia. Nelle altre i professori non l'avevano in simpatia, probabilmente per via del look, per ripicca non prendevano atto che a casa studiava come un matto e per fregarlo lo interrogavano sempre a tranello. Mai una sufficienza, anche se sapeva tutto. Cosí sua mamma, da brava imprenditrice, ogni anno prendeva la decisione piú giusta: trasferirlo. In tre anni Ucciucci aveva cambiato tre tipi di liceo, sempre promosso a patto di non rivederlo piú in classe. Contro di lui, in verità, giocava anche l'invidia dei professori. Ucciucci era molto ricco, dopo la laurea sarebbe entrato in azienda e quindi un lavoro ce l'aveva già. Con molti piú soldi sin dall'inizio di quelli che prendevano i suoi insegnanti a fine carriera!

La mamma lo segue con gli occhi verificando che entri puntuale. Già altre volte, in passato, i professori avevano preteso di bocciarlo perché perennemente assente. Questa volta non l'avrebbero fregata. Ucciucci varca con passo sicuro il portone del liceo. Saluta con educazione la bidella, sorride a Bru che gli passa vicino arrossendo in modo da valorizzare l'acne rosacea che le è valsa il soprannome (brufolo e/o brutta), tende l'orecchio, sente il rombo del motore del macchinone di mamma e con molta classe fa dietro front e prende la strada del bar. Del resto, se manca lui, chi li paga i caffè?

Al bar il vecchio Libero smercia brioche e caffè, cappuccini e krapfen. Un bar vicino a un liceo è una finestra su un futuro su cui nessun barista scommetterebbe un euro. Per cui meglio incassare subito. «Ma chi c'è in classe?» chiede Schizzo, schiodando da un orecchio l'auricolare. «I soliti. Biflo, Bru, Ciàina, Seno, Ciccia, e forse Firma e Vale». Schizzo rinfila l'auricolare mordicchiando la brioche.

Ci sono i soliti, quelli che per un motivo o per l'altro non temono di essere interrogati in latino. Firma e Vale perché sono in grado di presentare i sintomi di un malato terminale di cancro se solo un insegnante osa pronunciare il loro nome, gli altri cinque perché per loro sventura il latino lo sanno. Seno e Ciccia lo masticano perché a loro studiare non reca particolare fastidio. Preferiscono divertirsi, ma siccome studiare non le disturba eccessivamente – e soprattutto neutralizza la famiglia, già abbondantemente disturbata dai fratelli maggiori –, lo fanno senza troppi problemi. Sono, tra l'altro, molto amate. Seno, diminutivo di coseno, è un piccolo genio della matematica. Risolve qualsiasi problema in cinque minuti e il resto del tempo lo passa a lanciare bigliettini con mira infallibile da un capo all'altro dell'aula. E non fa preferenze, aiuta tutti.

Ciccia, soprannome derivante da una quarta misura indossata a soli dodici anni, vive da tre anni in primo banco, a fianco della lavagna, e dispensa generosamente suggerimenti in tutti gli alfabeti alternativi possibili, da quello dei sordomuti veri a quello giocoso dell'infanzia. Campionessa di mimo, è preziosa interprete muta di qualsiasi materia.

Ciàina è brava e basta. Viene da una sconosciuta località a sud di Pechino, i suoi hanno un negozio, ha fatto l'asilo in Italia ed è una delle poche della classe che conosce anche il dialetto locale, per via della baby sitter che si occupava di lei da bambina. Per Ciàina latino, italiano, dialetto, matematica, inglese, fisica o altro sono quello che per qualunque suo coetaneo può essere una playstation o un iPod. Uno strumento. Non le è difficile fare. Nulla è impossibile per Ciàina. Fa e scompare al termine delle lezioni. Nessuno sa come vive fuori dalla scuola, nessuno sa se ha amici, un ragazzo. Di Ciàina nessuno sa niente. E a lei non interessa raccontare.

«'ngiorno». Ecco, mancava Grafo, la sua borsa di plastica coi pennarelli e il suo sorriso stampigliato sul volto. A Grafo nulla dà fastidio, a Grafo va tutto bene. Quello che ha da dire lo scrive sui muri. E si diverte a scrivere anche quello che non gli interessa. A Grafo piace muovere la mano e il pennarello, veder ondeggiare i caratteri e guardare l'effetto che fa. Grafo non parla molto, Grafo non vuole apparire. Sogna una carrozza di treno che porti via, porti ovunque, non lui, ma i suoi colori e i suoi disegni, le sue lettere tonde e grasse o affilate e spigolose. Grafo viaggia restando fermo.

«Era ora» bofonchia Nihi. Grafo arriva in ritardo anche quando si tratta di marinare la scuola. Ma il tempo, cosí come lo spazio, non fa parte del suo bagaglio culturale. Almeno come lo intendono i piú.

Ci sono tutti: sette in classe, forse, e otto – con Guz e Pig che entrano bestemmiando – al bar. L'anno precedente la classe era piú numerosa. Ma la Perussini, quella di italiano e latino, aveva deciso al secondo anno che non tutti erano fatti per un liceo di chiara fama. Tra bocciature e "passerelle", la falce era calata sulla futura terza B. E l'attuale terza B era l'ombra di se stessa. «Mi avesse detto subito che non sono fatta per il latino, avrei cambiato scuola al primo anno» sentenzia Schizzo, senza nemmeno levarsi gli auricolari. Gli altri approvano. Libero porta altre brioche e consegna lo scontrino a Ucciucci. «Facciamo alla romana?» «Paga tu, Ucciucci, te li torniamo domani...» «Prima o poi me li tornate». Nihi si alza offesa e getta sul tavolino una banconota da cinque euro. «Tieni, nessuno ha bisogno dei tuoi soldi, pidocchio!» Ha un brutto carattere, si offende per nulla, bellissima e irraggiungibile. Ucciucci l'adora, gli altri anche. Schizzo prende la banconota e l'infila nella borsa di Nihi. «Non fare la stronza... lascialo pagare!»

«Arma virumque cano... traduci...» Come inizia o è iniziata questa storia? Sono le otto e cinque e la Perussini è in classe da cinque minuti esatti. Ha fatto l'appello e ricordato ai pochi presenti che questo sarà l'anno della decimazione. In origine erano venticinque, ora sono quindici. A lei ne bastano dieci da portare alla maturità. Anche meno. Perché la scuola è una cosa seria, è un impegno... Interrompe l'orazione l'ingresso di Vale. Sono le otto e sette minuti. La Perussini ricorda che «per questa volta vada, ma è l'ultima volta in assoluto, e lo ripeto e sottolineo, in assoluto, che accetto un tuo ritardo». Vale s'infila nel banco in silenzio.

«Oggi interrogo». Sono le otto e otto minuti. «C'è qualche volontario?» Ciàina guarda supplice coi suoi dolcissimi occhi a mandorla Biflo. «Ti prego... va' tu... ieri sera è arrivata la nuova merce e ho lavorato in negozio fino alle due di notte...»

Funzionerà? Biflo ha al suo attivo sei interrogazioni di latino, tutte sul nove o dieci. Gli altri forse una. Ciàina ancora nessuna. La cinesina è a rischio. Il parroco ha spiegato a Biflo che bisogna aiutare gli extracomunitari. Lui è uno dei pochi della classe che va ancora a messa, che frequenta la parrocchia e si sforza di diventare migliore. «Io, professoressa!» Il gesto gli viene dal cuore. E poi ha studiato, sa.

La Perussini fatica a mascherare una smorfia di disgusto. Ai suoi tempi, quando lei era studentessa, si chiamava a caso. Chi sapeva sapeva, chi non aveva studiato se ne tornava al posto con il suo bel bollino per l'esame a settembre, quando non già bocciato a priori. Interrogare uno per la settima volta è un abominio. Ma magari aspira al dieci, non puoi tarpargli le ali.

«Vieni... dunque... leggi...» «Arma virumque cano...» «Traduci...» Si apre la porta. Sono esattamente le otto e dieci. Entra Firma ciabattando sui trampoli. «Mi scusi...» «Ma questa è una scuola, non un albergo!» urla la Perussini. «Canto le armi e le forze... no, gli uomini... le gesta» fa eco Biflo, deconcentrato dal rumore. «Non capisco, sai di cosa parli? Uomini, forza? Armi, gesta? Ma anche tu non studi? Anche tu!»

Sono le otto e undici di un lunedí mattina in una terza B di un liceo italiano. Qui inizia la tragedia.

PRIMA ORA

La Perussini è una iena. Anche Biflo ha scambiato un "vir viri" con un banalissimo "vis roboris". E allora ditelo subito, facciamola finita, eliminiamo il latino, dedichiamoci al giardinaggio o all'ortofrutta. Chiudiamo i licei, mandiamo a casa i professori, lasciamo che tutti siano liberi di occuparsi di ciò che piú piace, lettura, scrittura, bricolage. Per una manciata di euro al mese non vale la pena – altro che pena, sofferenza – perdere tempo ad alfabetizzare nemmeno il piú colto degli esuberi da scuola media!

La Perussini è una iena. Lo è perché ci credeva. Lo è perché sperava. Prima ha dismesso il credo, poi la speranza e adesso anche la carità. Fine. Anche Biflo finirà nel suo libro nero, già riempito coi nomi di tutti i suoi compagni di classe. Gli otto che ogni lunedí mattina sono assenti alla prima ora, le due che arrivano in ritardo, le altre o altri che fanno le belle statuine. Piazza pulita.

La Perussini è una iena. Una volta i ragazzi che arrivavano dalle medie sapevano già il latino. Lei s'è adeguata e ha imparato a insegnarne l'abc. Pensava che, conoscendo, sapendo, qualcuno avrebbe capito, compreso, si sarebbe appassionato. Niente. E sono solo le otto e undici minuti di un lunedí mattina. Il primo giorno di una nuova settimana da infamia.

Biflo è paonazzo. Non sa se vomitare o piangere. Sa benissimo la differenza che c'è tra vir e vis, se solo Firma fosse entrata in classe puntuale, senza distrarlo... o se Ciàina si fosse fatta interrogare...

Biflo è paonazzo. Non può né vomitare né piangere davanti a tutti. Può solo scappare.

Biflo è paonazzo. E scappa. Sono solo le otto e undici del mattino (e trenta secondi) e imbocca la porta urlando: «Mi metta tre...». Scappa verso il bagno dei maschi. Lí piangerà o vomiterà. Lí...

La Perussini lo insegue. «Torna in classe...» I passi dei due non rimbombano nel corridoio, coperti dal vocío che esce da ogni porta, chiusa o aperta che sia. La Perussini è già sulla soglia del bagno e tenta di afferrare Biflo per la maglia. Biflo si divincola. Lei infila un piede nello stipite, lui afferra la maniglia e tira verso di sé con tutta la forza che ha.

La carotide della Perussini rimane per pochi secondi schiacciata tra lo stipite e la porta. La Perussini sviene sul pavimento del bagno dei maschi. Biflo si sigilla dentro, cercando di trattenere una nausea aumentata dall'odore di fumo stagnante del locale.

La Perussini giace ai suoi piedi immobile, il volto a terra, la gonna sollevata. Biflo alla vista di una coscia della professoressa arrossisce e meccanicamente ricopre. Si appoggia con tutto il suo corpo alla porta, accanto alla professoressa, la testa tra le mani.

«Ho ucciso la Perussini». Ha il cuore in gola, suda, la nausea prende il sopravvento e vomita.

Sono pochi minuti, dalle otto e dodici alle otto e quindici, ma in quel lasso di tempo Biflo vede scorrere davanti a sé tutta la sua vita.

Scuole elementari: tutti lo prendevano in giro perché fuori scuola ad aspettarlo c'era quella che i compagni di classe chiamavano "tua nonna". «No, è la mia mamma!» urlava per coprire le risate. Certo, non era giovane e bella come le altre mamme. Quando ormai s'era rassegnata a non poter avere figli, a quarantasei anni, aveva scodellato Biflo. E papà ne aveva dieci di piú. No, non era giovane e bella come le altre, ma era buonissima, la piú buona mamma del mondo. Se solo non fosse stato certo di darle un dispiacere, avrebbe picchiato tutti i compagni e anche quelle stupide di bambine che ridacchiavano. Cosí se ne tornava a casa a fare i compiti con la mamma, a studiare per vincere la sua partita almeno a scuola. Era sempre stato il piú bravo della classe, preciso, ordinato, preparato, obbediente, educato. Anche alle scuole medie. Lí, in virtú del metabolismo dell'età, aveva avuto un altro soprannome, Cicciabomba Cannoniere... E poi la cantilena. Ma intanto lui era uscito con l'ottimo e tutti i professori avevano detto alla mamma che sarebbe stato un vero peccato non fargli fare un buon liceo. Come premio per la promozione era andato con mamma e papà a Roma, a vedere i Fori Imperiali e il Colosseo. E tutti i musei. Una vacanza bellissima.

Al liceo diventa Biflo già dopo la prima settimana. Tutti gli insegnanti sono contenti, la mamma è fiera di lui e lui si appassiona ogni giorno di piú a tutte le materie, tranne la ginnastica – dove però è bravissimo in teoria.

La ginnastica. Quelli come Biflo non li vuole in squadra nessuno. Ha col pallone un rapporto simile a quello che ha con le ragazze. Non si accorge che tutto ciò che è perfettamente rotondeggiante ha un fascino speciale. E loro, gli altri, non sanno che anche Biflo ha un cuore. Come farà a dire a Ciàina che ha ucciso la Perussini? Quando sarà in riformatorio, cosa penserà Ciàina di lui?

Ciàina è l'unica gentile da sempre, non solo quando si tratta di passare un compito o suggerire. Come fanno gli altri. Ciàina gli parla, Ciàina non è volgare, non urla mai, non ride sguaiatamente. Ciàina sorride sempre. Come la mamma.

La testa tra le mani, Biflo piange le lacrime di tutta una vita, la rabbia di sedici anni di silenzio. Pensa alla foto di classe che tiene in camera. Ogni sera guarda Ciàina prima di addormentarsi e sogna che, quando diventerà avvocato, andrà in negozio dal padre e chiederà di sposarla. E, quando sarà avvocato, nessuno potrà dirgli di no. Gli avvocati non hanno bisogno di essere belli, basta guardare quant'è grasso e brutto il padre di Canna, avvocato di grido.

Però ora tutto è finito e ogni piccolo sogno di rivincita si scontra col dolore e la delusione che lui ha causato. Ai genitori, ai professori, a Ciàina, al mondo intero. Guarda tra le lacrime il corpo inerte della Perussini e la supplica. «Prof, per piacere, mi risponda... risponda... la prego, risponda...» La prof tace, neanche fosse Bis interrogato in latino!

Dalle otto e dodici alle otto e quindici la classe si fa gli affari suoi. Firma ripassa le unghie con lo smalto, Ciàina studia scienze per non farsi beccare in castagna l'ora successiva, Vale ascolta musica, Seno e Ciccia si organizzano per andare al cinema il sabato, Bru recupera un po' del sonno perso davanti alla tivú a guardare un film d'amore. Alle otto e quindici in punto entra Grafo. Una volta mangiata la brioche e bevuto il caffè, che ci stai a fare al bar? Sorride, anche se assonnato e pronto a guadagnare il banco per continuare a dormire. Non sente il silenzio, anche perché i rumori delle classi vicine lo coprono abbondantemente, ma s'accorge che c'è qualcosa di strano o meglio che non c'è qualcosa di strano, la Perussini.

Prende il gesso e scrive sulla lavagna con le sue lettere un po' tonde e un po' spigolose: "Che cazzo sta succedendo?". Firma solleva gli occhi e appoggia lo smalto sul banco. «C'è stato uno scazzo tra Biflo e la Perussini... hanno levato le tende... boh». «Ma sí, adesso tornano...» le fa eco Ciccia.

I minuti passano implacabili. Sono già le otto e venti e, se non ci sono tracce di Biflo e della Perussini, si materializzano comunque Canna e Bis. Allegri.

«Ragazzi, cos'è questo mortorio...» Vengono rapidamente aggiornati sulla bufala in latino di Biflo e finalmente la classe si riprende. Un po' di rumore fa sempre bene alla salute psicofisica. «Ma se sono passati dieci minuti forse è il caso di andare a vedere cosa è successo» propone Canna che, in qualità di figlio d'avvocato, non riesce mai a farsi fino in fondo gli affari propri. Seguito dal fido Bis, s'avvia verso il bagno dei maschi. «Hai almeno le cartine?» chiede il novello Don Chisciotte al suo scudiero. «Quelle sí... ma tu hai ancora un po' di...»

Tentano di aprire la porta. Niente da fare. Da dietro proviene un gemito, come un lungo singhiozzo rattenuto. Il bagno non è vuoto. C'è qualcuno. «Biflo, apri, sono Canna...» Il gemito pare cessare, ma riprende in forma di respiro affannoso, poi si trasforma in un vago inconsulto bisbiglio. «La Perussini è qui» pare dire una voce da oltretomba. Canna e Bis si guardano inorriditi. Va bene che si trattava di erba buona, ma c'è un limite anche allo sballo. Non può essere vero, è a dir poco incredibile. «Bis, pensi anche tu quello che penso io?» È un istante e sono in classe.

«Ragazzi, roba da non crederci!» esplode eccitato Bis. «Biflo s'è chiuso in bagno con la Perussini. Sequestro per motivi sessuali!»

Otto e trenta e la classe esplode in una colossale risata, collettiva e liberatoria. «Io lo sapevo che prima o poi anche Biflo...» commenta Vale, prima di comunicare la notizia a Big Jim via cellulare. Firma non dice nulla, impegnata a evitare che le lacrime del troppo ridere facciano colare il rimmel, anche se waterproof. Ciccia, Seno e Bru sghignazzano. Ciàina guarda preoccupata Grafo, che immediatamente prende il cancellino, ripulisce la lavagna e vi scrive a chiare lettere: "No sbirri!". Poi Grafo torna a tentare di dormire al suo posto.

Non nasci figlio d'avvocato senza averne il cromosoma. Potrai anche fumarti nell'illegalità tutto il meglio che offre il mercato, ma alla fine a trionfare sarà sempre il diritto. Anzi, il Diritto. E Canna il Diritto ce l'ha nel Dna. «Ragazzi, se Biflo ha sequestrato per stupro la Perussini c'è poco da ridere. Sono le otto e trentacinque e non c'è tempo. Tra un quarto d'ora suona la campanella, tutte le altre classi andranno al bagno per fumare, qualcuno avvertirà le bidelle, le bidelle avvertiranno la preside, la preside avvertirà la polizia. Vogliamo la polizia a scuola?» «Be', se sono carini...» commenta ammiccando Firma. «Taci, cretina!» prosegue Canna, che dai legulei di famiglia ha introiettato anche alcune tecniche oratorie. «Dobbiamo organizzarci. Punto primo: qualcuno esca e vada al bar ad avvertire gli altri. Li voglio in classe entro cinque minuti. Bru, va' tu, di' alle bidelle quello che vuoi, tanto ti lasciano uscire, con l'aria da secchiona che ti ritrovi non sospetteranno nulla. Sbrigati!» Non ha nemmeno finito di parlare che Bru è già fuori dalla porta. «Tu, Grafo! – il tono di Canna si fa di minuto in minuto piú imperioso, – prepara un cartello e va' a metterlo sulla porta del cesso. Ma scrivi come se fossi il bidello...»

Grafo solleva la testa dal banco, sbadiglia e in pochi secondi prepara tre versioni in stile "personale non docente": "Sanitario intasato", "Cesso ciuso" con l'acca inserita in un secondo momento, "Bagno inaggibile". Guarda con occhio critico il lavoro e opta per la terza versione. In fondo è la preside che suggerisce anche ai bidelli quale deve essere lo stile del liceo e "Bagno inaggibile", con la doppia, rende perfettamente l'interpretazione che potrebbe farne il bidello Peppino abbandonato all'italiano.

«Bis!» «Hasta la victoria siempre, Comandante!» Bis risponde d'istinto alla chiamata dell'amico, sorprendendosi a pensare che sarebbe il caso di cambiarne in "Che" il soprannome. «Bis, vedi un po' che cavolo di orario ha oggi la Perussini, gira per i corridoi come al solito, tanto i bidelli ci sono abituati, chiacchiera con la signora Rosa, sbrigati». Bis s'infila una sigaretta dietro l'orecchio e parte. «E adesso compagni...» «Compagni glielo dirai a tua sorella, – sbotta Vale, – io non sono compagna di nessuno, se non di Big Jim, e sono tre anni che voi di sinistra mi...» «Vale, non è questo il momento!» La voce è quella di Firma. «Dobbiamo decidere cosa fare dopo la campanella. Io ho una proposta».

In tre anni di scuola Firma non aveva mai proposto nulla, ma proprio nulla. Non ai compagni, non ai professori, a nessuno. Canna, che da tempo sosteneva che non avesse nemmeno la voce e che in realtà fosse una bambola gonfiabile, ammutolisce. «La prossima ora c'è Cadei. Mi faccio interrogare in scienze». Questa volta nemmeno il rumore proveniente dalle altre aule riesce a coprire il silenzio attonito in cui sprofonda la terza B. «Esco volontaria in scienze, cosí voi siete liberi di agire senza che Cadei se ne accorga. Non preoccupatevi, lo tengo impegnato io». Grafo, rientrando dalla sua missione, rimane turbato dagli sguardi stuporosi e dai respiri assenti dei compagni, ma torna al banco a finire di dormire. Bis entra visibilmente soddisfatto, ma il sorriso gli si gela in volto alla vista della classe. «È successo qualcosa di grave?» chiede preoccupato. «No, no, – risponde balbettando Canna, – Fi... Firma si fa... si fa interrogare in... in... scienze!» «Be', almeno ditemi di cosa devo parlare!» commenta la ragazza, prima di tirare fuori lo specchietto e il beauty per rifarsi il trucco e prepararsi all'interrogazione.

L'arrivo di Bru al bar alle otto e trentasette viene accolto da un coro di risatine. «Ucciucci, è per te, datti una mossa» sibila una sghignazzante Nihi. Pig finge un conato di vomito, Guz rutta e Schizzo alza il volume dell'iPod. Bru corre da Ucciucci. «Presto, rientrate, presto» urla. Poi, rendendosi conto della delicatezza della situazione – resa ancor piú difficile dalla presenza di metà terza A, un quinto di seconda A e B, due elementi pluriripetenti della prima B, due terzi delle quarte e le quinte quasi al gran completo – abbassa la voce e sussurra all'orecchio di Ucciucci: «Biflo ha sequestrato in bagno la Perussini e la sta stuprando».

Ucciucci sbianca, gli altri scoppiano in una risata cosmica. «Cazzo avete da ridere, cretini». Ucciucci ha la voce della mamma quando – dopo che il commercialista ha visto i conti – ha l'obbligo di comunicare in azienda che la situazione è grave. Parla pianissimo. «Biflo sta stuprando la Perussini in cesso. Dobbiamo rientrare a scuola». Ammutoliscono tutti, solo Schizzo continua a ritmare con ogni parte del corpo gli Startrashsound. Nihi le strappa gli auricolari. «Muoviti, si va in classe, ti spiego dopo».

Facile dire si va in classe. Se rientrano tutti assieme capeggiati da Bru, anche la bidella Nives, che è semicieca, s'accorgerà che qualcosa non funziona. Sono solo le otto e quarantadue. Il tempo scarseggia. Nihi acchiappa Schizzo e si precipita con lei a scuola. «Scusi signora Nives, – gracchia ansimando, – siamo in ritardo. Dài Schizzo, muoviti!» Pochi secondi dopo Guz si palesa sul portone. «È qui la festa?» chiede alla bidella, che con l'uncinetto produce a memoria l'ennesimo centrotavola. «Muoviti Guz, oggi sei piú in ritardo del solito» sussurra la donna senza alzare gli occhi dal manufatto che non vede.

È il turno di Pig. Cerca di scivolare lento, ma l'odore di anni di patatine fritte ne tradisce la presenza. «Pig, va' che la Perussini oggi vi mangerà vivi. Quattro in ritardo alla prima ora! Ragazzi, ma quando crescerete?»

Ne ha annusati tanti la Nives. Studenti, professori, anche studenti diventati professori, se non addirittura presidi. Tra meno di tre mesi andrà in pensione. Semicieca da sempre, riconosce i ragazzi con l'olfatto. Quelle delle prime sanno di deodorante alla fragola, i loro coetanei maschi di acido urico. Man mano che crescono si differenziano gli odori, fino ad arrivare al quinto anno, quando anche l'ultimo maschio profuma come minimo di pino silvestre non amalgamato nel sudore e le ragazze, piú discrete, di crema e borotalco. I professori maschi spesso sanno di tabacco, soprattutto quelli di arte e filosofia, le professoresse indossano aromi alla moda, tutti griffati e ognuno diverso dall'altro. Che la Beniciolli fosse una brava insegnante e una gran signora lo si poteva capire subito annusando il retrogusto di agrumi e cannella che emanava al passaggio, che la Zorzenon fosse una supplente Nives lo intuiva dall'odore di patchouli, che la Perussini fosse una carogna era evidente in virtú dell'orrida acqua di colonia dozzinale con cui sembrava si fosse fatta la doccia. Che stesse per entrare a scuola anche Ucciucci lo diceva dunque il suo profumo, ma che accanto a quello ci fosse l'odore sulfureo di Bru costringeva Nives a rizzare le orecchie. O le narici.

«Sta succedendo qualcosa in terza B» dice a se stessa. In altri tempi avrebbe avvertito la presidenza. Ma la pensione è lí che l'aspetta. A lei tutti quegli odori di gioventú mancheranno e in cuor suo sogna di mancare almeno a qualche ragazzo. Finge di non sapere che Bru e Ucciucci stanno salendo le scale e si concentra sul lavoro all'uncinetto. Il connubio è impossibile, lei ne ha annusati tanti che si sono incontrati proprio in quell'atrio e pure sposati. Mai però Clerasil con Vetiver.

Alle otto e quarantacinque tutta la terza B è per la prima volta nella sua storia in classe alla prima ora. Tutti tranne l'unico che c'è sempre stato, anche con trentanove di febbre, Biflo. Mancano cinque minuti al suono della campanella. Regna un silenzio surreale.

«La prima cosa che dobbiamo fare, – suggerisce Schizzo, – è un po' di casino, sennò ci scoprono». L'idea non piace a Grafo, che alza la testa sbadigliando in faccia alla compagna di classe con aria di sfida. «Va bene se io e Ciccia continuiamo a parlare? Può bastare?» chiede Seno. «Fate. Dunque... abbiamo poco tempo...» Canna ha ripreso in mano la situazione. «Grafo ha messo il cartello sulla porta del bagno. Bis, cosa fa la prossima ora la Perussini?» «Gode». La risata è liberatoria, ma Canna non ha nessuna voglia di ridere. «Idiota. Non abbiamo tempo». «C'è ricevimento dei genitori, poi la terza e la quarta dovrebbe fare italiano da noi e quindi togliersi dalle scatole». «Bene, abbiamo fortuna. Pig, va' dalla Rosa e dille che la professoressa Perussini ti prega di avvisare i genitori che oggi salta il colloquio perché ha una visita medica». «Bene, ho fortuna, – commenta Ucciucci, – oggi mia mamma era intenzionata a venire a parlare!»

«Silenzio!» Canna è particolarmente innervosito dal casino che stanno facendo i suoi compagni. Uno si fa in quattro per gestire al meglio un'emergenza e gli altri cosa fanno? Uno dorme, due chiacchierano, Schizzo continua a sentire musica, si ridacchia, si fanno battutine sceme. Con gente cosí è impossibile lavorare! «Proviamo per una volta ad essere seri. Allora, Firma si fa interrogare in scienze per neutralizzare Cadei». Le new entry, di fronte a una simile notizia, rimangono senza fiato. «Sempre se mi dite almeno di cosa dovrei parlare» aggiunge Firma. «Siamo arrivati ai cicli biogeochimici» le bisbiglia con voce quasi disperata Seno. «Ai cicli che?» «Biogeochimici. Ma non preoccuparti, ti suggerisco io». «Figurati! Dei cicli so da sola!»

Canna blocca subito il prevedibile numero di battutacce. La cosa piú importante ora è trovare qualcuno che riesca a raggiungere Biflo in bagno. È necessario vedere qual è la situazione e convincerlo a liberare la Perussini. Poi si deciderà cosa fare per evitare che la vecchia strega chiami la polizia. «Chi di voi se la sente?»

Ciàina. La piccola cinese sta vivendo momenti drammatici. Si sente in colpa, quasi fosse lei la causa di tutto ciò. E poi ha con sé tutto quello che serve per un primo intervento. Afferra il suo zainetto e, al suono della campanella, si precipita verso il bagno dei maschi.

SECONDA ORA

Il professor Cadei sogna da una vita la pensione. Per la precisione la sogna da quando, giovane laureato, ha trovato la prima supplenza. Sperava l'assumessero prima o poi in un'azienda, ma, di supplenza in supplenza e di concorso in concorso, s'è ritrovato a fare il professore a vita. Le sue materie le sa, all'esistenza dei ragazzi s'è abituato. Il problema sono le ragazze. Non possono girare vestite sempre come se al mondo non esistessero scapoli bisognosi d'affetto e d'attenzione! Sono trent'anni che vede jeans attillati, seni ammiccanti dietro magliette aderenti, gambe, cosce, sederi. Il tutto esibito con la gioiosa incoscienza dell'età. E lui non può fare nulla, se non trasmettere quel minimo di nozioni che forse un domani serviranno a quelle fanciulle almeno per non lavare con acqua bollente un vaso di cristallo o per disinfettare il viso del marito che s'è tagliato facendosi la barba.

Cadei non è un maschilista. Anzi. A lui le donne piacciono molto. Solo che non capisce perché debbano venire a scuola, con tante cose che si possono fare e imparare a casa. Cosí entra in terza B – che tra l'altro trasuda femmine di tutti i generi e anche colori – con l'aria stanca di chi vorrebbe finalmente riposare dopo tanti anni di lavoro. Appoggia cartella e registro sulla cattedra, si siede e comincia, a occhi chiusi e a memoria, a fare l'appello. Una noia mortale, tanto sa già dove mettere sul registro le a maiuscole che stanno per assente e che serviranno quanto meno ad abbassare la media...

«Presente». «Eccomi». «Sí». «Presente». «Ci sono».

«Floriani». Silenzio. «Ho detto Floriani». Silenzio. Il professor Cadei spalanca gli occhi e li fissa inferocito in quelli di Guz. «Dov'è Floriani?» Guz arrossisce. «È assente, prof».

Si mette male, Cadei potrebbe mangiare la foglia. Biflo-Floriani non ha perso nemmeno un minuto di scuola dal primo anno. Per fortuna Firma interviene, con molto sangue freddo. «Tranne Floriani ci siamo tutti, prof, – dice con voce suadente, quasi erotica. – Prof, non è che posso essere interrogata sui cicli? Mi offro volontaria. È un argomento che mi piace molto, è molto bello». A Cadei la pressione sale alle stelle. Si fa paonazzo, suda, poi riprende il controllo. «Va bene, vieni fuori. T'interrogo».

Molto lentamente Firma si alza dal banco. Un raggio di sole si posa sull'apparecchio di Pig, dando al suo sorriso giovanile un'aria satanica: Firma non ha il reggiseno, lo si capisce gettando uno sguardo anche fugace sulla camicetta bianca semitrasparente. Deve esserselo abilmente tolto al cambio d'ora, senza che nessuno se ne accorgesse. La gonna non è corta, appena sopra il ginocchio. Non è corta ma è molto aderente, tanto che s'intravede il filo del tanga. Le fauci di Pig spalancate in una smorfia di lussuria rilucono in tutto il loro splendore. Schizzo, compagna di banco, lo guarda con lieve disgusto e lo riporta sulla terra con una gomitata e una parola di conforto («Stronzo»). Firma cammina ondeggiando sui tacchi. Si muove tutto come se una lieve brezza accompagnasse il ritmo dei passi. È un movimento lento e armonico del corpo, magnificato dallo sguardo fiero di una giovane vergine che s'avvia al sacrificio. Gli occhi di Firma puntano solo gli occhiali di Cadei, che è costretto a toglierseli per detergere il sudore. «Parliamo dei cicli. Quali cicli preferisce, prof?»

Ciàina ha raggiunto il bagno dei maschi. Bussa con dolcezza alla porta, senza ottenere risposta. «Biflo, sappiamo che sei lí. Sono Ciàina. Aprimi, sono qui per aiutarti». Il cuore di Biflo, che da quasi un'ora batteva all'impazzata, si ferma, per riprendere a livello cardiopalma. Non riesce ad alzarsi, scivola per qualche centimetro lontano dalla porta e torna ad accucciolarsi su se stesso. Ciàina s'infila veloce nel bagno. «Oh, meno male Biflo! – è la sua prima reazione. – Pensavamo che tu stessi violentando la Perussini e invece...» «E invece l'ho solo uccisa» sbiascica con un fil di voce il ragazzo. «Ma no... non vedi che respira!» Ciàina si piega sulla professoressa svenuta e rivolta il corpo a faccia in su. «Sei pazza... la polizia potrebbe trovare le tue impronte e accusarti d'omicidio. Verrebbero i giornalisti e, anche se sei innocente, poi ti rispediscono in Cina». «Biflo, è viva, ha solo preso una bella botta sulla fronte ed è svenuta. Ma ho con me tutto quello che serve. Ci stiamo organizzando... stai tranquillo». Biflo trema, piange, tira su col naso. Quante volte ha sognato di trovarsi solo con Ciàina e dirle che la ama? Ogni sera da quasi tre anni. Ora sono praticamente soli. Cerca di nascondere col corpo la chiazza di vomito, tira fuori il fazzoletto e si soffia il naso. «Ecco, bravo, calmati, – lo rincuora la cinesina. – Vedrai che ti tiriamo fuori da questo pasticcio. Intanto tieni il mio zaino, c'è tutto quello che può servire. Cerca di collaborare, fidati di noi. E falla rinvenire. Ma che non urli, mi raccomando...»

Ciàina scivola lieve fuori. In fondo al corridoio si staglia la non possente figura del bidello Peppino. Ci mancava lui. Cosa cavolo ci fa Peppino a scuola? Bisogna avvisare subito Canna.

Peppino, bidello di nobile stirpe di bidelli da parte di madre e di pizzaioli per via paterna, frequenta saltuariamente i corridoi del liceo, come dimostra lo stato d'igiene della palestra e dei bagni che sono di sua esclusiva competenza. Le aule sono equamente divise tra Nives e Maria. La prima, in mattinata, vigila all'ingresso, la seconda è di vedetta tra la sala professori, la presidenza e la segreteria. A Peppino spetterebbe il controllo dei corridoi e dei bagni. Purtroppo l'attività di spacciatore di pizze che ha messo in piedi con un cugino napoletano lo costringe a frequenti assenze. Piú che altro limita la sua presenza alla ricreazione. La presenza di Peppino a scuola è una vera e propria variabile impazzita. Ciàina corre in classe. Corre? No, vola.

Guardando disgustato il volto della Perussini e il bozzo violaceo sulla fronte, Biflo mette finalmente mano a quanto Ciàina gli ha consegnato. Tira fuori dallo zaino un kit per manicure, una pila inserita in un orsacchiotto, una scatola con sette tipi diversi di punte per cacciavite, un accendino in similbronzo che sembra una pistola, una lente d'ingrandimento, un portagrappa a forma di mulo che piscia, un girasole sveglia semovibile, due profumi – uno al cedro e l'altro alla banana –, un pigiama di nylon a fior di loto, due top e, finalmente, due barattoli di balsamo di tigre formato maxi, uno bianco e l'altro rosso.

Riempie d'acqua il portagrappa, si arma di pistola accendino e, spalmando mezzo barattolo di balsamo su un top, comincia a massaggiare la fronte della Perussini.

La donna si muove. Impercettibilmente, ma si muove. Biflo le passa sotto le narici prima la bottiglietta di profumo al cedro, poi quello alla banana. La Perussini in un primo momento sembra stramazzare, poi apre gli occhi, roteandoli verso l'alto. È viva. Semicosciente, ma viva.

«Mi daranno trent'anni, ma almeno non l'ergastolo» pensa Biflo, mentre bagna con l'acqua che esce dall'attrezzo del mulo le labbra della professoressa.

Sta cominciando a riprendersi anche lui. E s'accorge che è impresentabile. Ha perso il controllo di ogni sfintere. Come un automa prende il pigiama a fior di loto e se l'infila, pulendo coi vestiti il pavimento e gettando il tutto nel cestino. No, non tutto. Recupera il fazzoletto zuppo e la cintura, regalo di compleanno del padrino di battesimo. Cuoio con fibbia lavorata a mano. Mamma dice che è opera di un grandissimo artista artigiano, un oggetto di valore.

E ora? In pigiama di nylon, con un accendino a forma di colt al fianco, immerso in un odore che va dalle sue produzioni corporali al cedro e banana cinesi, in progressione fino al balsamo di tigre, Biflo è stordito. Prende la lente d'ingrandimento e, aprendo con due dita un occhio della Perussini, verifica lo stato di salute dell'insegnante. La pila funziona, a intermittenza, ma funziona. La Perussini muove gli occhi seguendo la luce. È viva. «Con la buona condotta mi danno quindici anni...» sospira sollevato Biflo. E accende il girasole sveglia ondeggiante per tener desta l'attenzione della donna. «E poi dicono che la roba dei cinesi non serve» bofonchia.

La Perussini comincia a muoversi. Prima porta la mano alla carotide, poi la passa sulla fronte. Geme. Spalanca gli occhi. Sta per urlare.

Biflo non si perde d'animo. Le infila velocemente in bocca il fazzoletto smoccolato. Poi, puntandole in fronte la pistola accendino, afferra con una sola mano la cintura e gliela stringe ai polsi. La Perussini è immobilizzata. Biflo si riscopre funambolo. Lui – quello che tutti deridevano quando si cimentava in una qualsiasi attività manuale – era riuscito con la sola sinistra a giostrarsi con una cintura e una fibbia con l'abilità di un prestigiatore! Biflo non crede a se stesso. Col top rimasto lega le gambe della professoressa. Ora è innocua. Ma persino lui sente il bisogno di una sigaretta. Cerca nello zaino e recupera un pacchetto di bidi. Se ne accende uno con la pistola.

Tra le varie scritte a pennarello, lo specchio del bagno riflette l'immagine di un sedicenne in pigiama di nylon fiorato, con una pistola accendino in una mano e un bidi nell'altra.

L'odore di balsamo, cedro, banana, secrezioni umane, assenza di bidello, mescolato a quello del fumo stagnante e del bidi è veramente troppo. La Perussini preferisce svenire nuovamente.

E a Biflo viene finalmente fame. Recupera dalla tasca dei pantaloni il panino con la mortadella. Per fortuna la mamma lo avvolge nella stagnola e poi lo mette in un sacchetto. È salvo. Biflo lo addenta con rinnovato e consueto appetito. Poi un sorso d'acqua dall'attrezzo del mulo portagrappa...

È solo l'inizio. Si continua a combattere...

Ciàina rientra in classe visibilmente scossa, trovandosi peraltro di fronte a un muro di gomma. O meglio a dodici ragazzini sbigottiti. Persino Grafo è sveglio e segue a bocca aperta lo spettacolo. «Gran parte delle risorse della terra vengono riciclate» suggerisce paonazzo Cadei. «Certo, ma si ricicla solo la roba fuori moda. Ad esempio, proprio l'altro giorno abbiamo riciclato tutti i miei vestiti usati nel cassonetto della Caritas. Non possiamo comprare un altro armadio, non c'è spazio. Ma lei sa cos'è la Caritas?» Cadei boccheggia, mentre Firma si massaggia un seno, fingendo nervosismo. «La Caritas è un cassonetto giallo dove si mettono i vestiti». Cadei tenta di riprendersi. «Antoniacci, le reazioni biochimiche, perché di quelle stiamo parlando, vero?, consentono un continuo riciclo di alcuni degli elementi indispensabili agli organismi viventi». «Appunto. E io le sto dicendo che, se non si eliminano quei capi fuori moda o prodotti non firmati, gli organismi viventi si ritrovano con gli armadi pieni. Ma scusi, lei mi sta interrogando sui cicli o preferisce che parli del riciclo? Guardi, prof, – le mani scivolano lungo i fianchi, – secondo lei, sarei la stessa con una vecchia...» Cadei sente che deve imporsi. «Antoniacci, la faccia finita e mi parli del ciclo dell'ossigeno!»

Quello che gli manca. Il povero Cadei, a pochi metri dal traguardo della pensione, sta rischiando di non godersela mai (come del resto la vita) solo perché ha interrogato per una volta la Antoniacci-Firma. Una sola volta in tutta la vita. La classe è sbigottita. E lui percepisce il disgusto dei ragazzi che pare lo stiano spogliando, strappandogli di dosso anche l'unica cosa che ha gelosamente tenuto per sé, la fantasia.

Sono attimi eterni prima che qualcuno si decida a mettere fine alla commedia. Adesso basta. Seno ha una dignità. Va bene che stanno vivendo tutti una situazione estrema, ma c'è un limite alla vergogna, alla satira, all'ironia. Al ridicolo. «Prof, – e la sua voce ridesta una classe che non riesce nemmeno piú a ridere, – prof, sul ciclo dell'ossigeno, del carbonio, dell'azoto, dello zolfo vorrei essere interrogata io».

Ecco, il respiro di Cadei ricomincia a prendere un ritmo umanamente accettabile. È quasi finita. Mette una sufficienza alla Antoniacci-Firma per la buona volontà e finalmente può tornare ad essere se stesso. Seno è una normalissima alunna dimenticabile, vestita come una normalissima ragazzina di ogni tempo e di qualsiasi spazio.

«L'azoto contenuto nell'aria viene assorbito dalle radici delle piante...» Seno va avanti, piano, sembra quasi sillabare. Mancano venti minuti alla fine della lezione e lei terrà occupato Cadei fino all'ultimo minuto.

Ciàina ha scribacchiato qualcosa per Canna. "Nessuno stupro. Lei è solo svenuta. Pericolo: Peppino è a scuola". Passa un bigliettino, che viene rigirato a Ucciucci con un'aggiunta a caratteri cubitali: "NEUTRALIZZA PEPPINO". Ucciucci chiede di poter andare al bagno.

A occhi chiusi Cadei acconsente. «I vegetali utilizzano le proteine... gli animali si nutrono di proteine vegetali... le proteine presenti negli organismi morti vengono trasformate in ammoniaca da batteri e funghi... altri batteri trasformano l'ammoniaca in nitrati, che poi le piante utilizzano... Passo al ciclo dello zolfo, prof?» Sí, va' dove vuoi, in fondo sapete, qualcosa vi ho insegnato... La voce di Seno è sempre piú soave e rassicurante, tanto che anche Grafo torna a dormire.

Ucciucci infila il corridoio e afferra Peppino alle spalle, a pochi metri dalla porta del bagno dei maschi. I lunghi capelli rasta ondeggiano, sul volto c'è il sorriso fermo e sicuro di chi sa che cosí sarà.

«Peppino, ti cercavo». Il bidello è diffidente. «Quanto ti devo per le pizzette?» «Aspetta, non lo so. Ho il registro sotto...» «Peppino, ho i soldi oggi, domani chissà!» Scendono in atrio. Peppino recupera dal tavolo di Nives il suo libro dei conti. E non s'accorge che Nives scuote la testa, con distacco. Ma tanto Peppino, quando si tratta di soldi, non guarda in faccia a niente e a nessuno. Scassa, Nives, scassa, ma qui si tratta di cassa...

«Senti Peppino, – Ucciucci assume il tono della mamma quando è impegnata in affari seri, non a parlare con quelli della pubblicità, – io avrei una proposta da farti. Ma non qui. Andiamo in palestra». Nives scuote la testa. «Andate, andate, che mi fate perdere il conto dei punti...»

I due entrano in palestra con circospezione. In teoria ci sarebbe lezione, in pratica, finito l'appello, il professore ha deciso di portare una classe decimata dall'infermità in cortile a giocare a pallavolo. Almeno si prende aria e le indisposte (tutte le ragazze, ma si sa, è colpa delle lune) possono copiare latino al sole!

«Sto organizzando delle feste nella mia villa, – sussurra Ucciucci, – ci stai a rifornirmi di pizzette e... magari anche... birre... o vino? Che prezzo mi fai?» «Dipende da quanti siete...» Peppino prende il suo quaderno e comincia a fare i conti. «Birre no. Ma ho un vino ottimo che produce un amico. Aspetta che vedo quanto viene al litro». La trattativa prosegue. Ucciucci non ha fretta, Peppino non ne ha mai avuta. Fino alla ricreazione il bidello è neutralizzato.

E finalmente suona la campanella. È solo un accenno di tintinnio, immediatamente silenziato. I corridoi vengono invasi dalle urla di gioia di un popolo liberato.

RICREAZIONE

«Mettiamo in chiaro una cosa». La voce di Seno è imperiosa. «Non è che per salvare Biflo o per evitare che la polizia trovi il fumo di Canna dobbiamo fare tutti la figura dei deficienti. Per cui cerchiamo di giocare meno e di far funzionare la testa, almeno chi ce l'ha». Guarda dritta negli occhi Firma, che la ricambia con una smorfia di disgusto.

«Possiamo sapere qual è la situazione?» Ciccia è da sempre molto pratica. Prima di ogni compito in classe chiede a tutti come vogliono la traduzione, se su bigliettino o suggerita. Da anni dispone di una speciale cartina copiativa in modo da non dover scrivere troppe volte il testo. In virtú della sua posizione ha sempre l'insegnante alle spalle e non teme di venir controllata. Appallottola e, a ogni passaggio vicino al suo banco, in direzione cestino, consegna. Se si tratta di suggerimento usa il normale alfabeto sordomuti, tanto la prof controlla gli altri, non lei. Mai beccata. Ma si sa, lei è una ragazza concreta.

«Ciccia, la situazione è la seguente». Canna ha la voce stanca di un ragazzo molto provato dalla vita. «Biflo non sta violentando la Perussini. Lei è svenuta nel bagno, lui ha avuto paura e ha chiuso la porta. Ora aspetta che noi li facciamo uscire... Grafo ha messo un cartello, Ucciucci ha neutralizzato Peppino, Nives e Maria non si schiodano mai da dove sono, e quindi il bagno è protetto. Le prossime due ore la Perussini dovrebbe passarle qui. Abbiamo due ore di tempo prima che arrivi Ferrosi».

Il professor Ferrosi insegna storia e filosofia. Non è amato, di piú. Ferrosi li fa parlare, li ascolta e poi, con un guizzo geniale, riporta tutto a Platone o Aristotele. Cosí anche i concetti piú difficili diventano strumenti per sapere e capire. La filosofia, come l'insegna Ferrosi, non sono chiacchiere. Neanche la storia. C'è sempre qualcosa che è già successo in un determinato tempo e in un certo spazio. Se vuoi capire il tuo tempo e il tuo spazio, Ferrosi ti accompagna nel viaggio.

«Ragazzi, credo che dovremmo parlare con Ferrosi». Ciccia è molto concreta. Approvano tutti. «Da Ferrosi vado io». Nihi, soprannome che deriva da nichilismo – teoria a cui la ragazzina ha deciso di dedicare la sua vita, partendo dal presupposto che tutto è niente –, adora Ferrosi. Ricambiata. Pertanto tutti tornano ad approvare.

In terza B non è mai regnata tanta armonia. «Ragazzi, adesso però c'è bisogno di una pausa. Se non ci vedono, fuori sospetteranno...» La voce di Nihi non ammette repliche. Tutti sciamano come mosche. I fumatori, privati del bagno, si sperdono in cortile, gli affamati al piano terra da Peppino, gli innamorati (previo giuramento di totale silenzio) verso l'amore, gli arrapati anche. Solo Vale rimane in classe ad aggiornare con sms Big Jim sugli sviluppi della vicenda.

La Perussini s'è ripresa. Non fosse per la testa che duole, per il fazzoletto sporco in bocca e l'immobilità coatta, probabilmente, nel vedere Biflo in pigiama a fior di loto azzannare pane e mortadella avrebbe potuto anche ridere. Ma in quella situazione le pare di rivivere *Arancia meccanica*, film che aveva vietato ai figli per "la crudezza delle scene e la scabrosità dei temi". E lei, pubblico adulto, si sente impotente di fronte a tanta violenza.

A casa la Perussini ha tre figli e un marito medico. Vivono bene e si amano molto, lei lavora per realizzarsi e non per bisogno. I ragazzi sono stati educati secondo saldi principi e non danno problemi. A parte il piú piccolo, che non ha voglia di studiare e preferisce fare sport. Ogni sabato lei e il marito vanno a vedere la partita di calcio e fanno il tifo, per rafforzare in lui l'autostima. È importante che i suoi ragazzi si apprezzino, tutti e tre diversi tra loro, ma tutti e tre diversamente abili in qualche disciplina. Il maggiore è un medico nato, il secondogenito un letterato, l'ultimo una promessa del pallone.

Certo, da Biflo una cosa del genere non se la sarebbe mai aspettata. Cerca di parlargli con gli occhi, di convincerlo a liberarla. «Io la libero anche e, finché c'è la ricreazione, le tolgo pure il fazzoletto dalla bocca... tanto se urla non la sente nessuno! Ma poi lei cosa fa, mi denuncia alla preside che a sua volta chiama la polizia. Lei mi rovina, anzi, lei mi ha già rovinato» bisbiglia Biflo, grondando sudore. Prende con due dita il fazzoletto e comincia a sfilarlo dalla bocca della professoressa. «Lei oggi ha distrutto la mia autostima. Io so qual è la differenza tra vis e vir! Io studio tutto il giorno e lei...» Grossi lacrimoni rigano le guance del ragazzo, che prende definitivamente il fazzoletto per soffiarsi il naso. «È lei la causa di tutto, la colpa è tutta sua... e se urla le rimetto il fazzoletto in bocca».

La casa della Perussini è un inno all'igiene. La domenica, finito di preparare la colazione, col pennellino toglie la polvere dalle fughe delle piastrelle di cucina: non sopporta lo sporco. Il solo pensiero di ritrovarsi nuovamente alle prese col fazzoletto di Biflo la fa ammutolire spontaneamente.

Biflo è un fiume in piena. «Vediamo, prof, chi dei due sa piú latino. Guardi quella scritta sul muro, traduca!»

Bisogna riconoscere che gli insegnanti non sono esperti in bagni scolastici. Vi fiorisce una letteratura non sempre originale, ma con testi sicuramente incisivi. Asciutti, sintetici, talvolta brutali nel loro realismo, ma profondamente veri.

«Traduca! Legge, vero? Cosa c'è scritto?» Sulla parete sopra il gabinetto, Grafo o qualche suo compagno (si narra sia stato Pig a suggerire il testo e Grafo l'autore materiale) hanno scritto col pennarello: "Il cesso è l'unico sito dove si scarica gratis". «Cloaca est... vada avanti!»

La Perussini non fiata piú. L'occhio della docente è caduto su quello che è ormai un must dei bagni scolastici, entrato da anni nella storia della letteratura da cesso: "Qui si entra e non si paga, c'è ki piscia e c'è ki caga, se non hai poi tanta fretta, ti puoi fare una pugnetta". «Trivialliteratur, vero prof? E io, che non ho mai imbrattato i muri, che scrivo sempre chi e non ki, però e non xò, che non copio i compiti, che non bevo, non fumo, non mi faccio spinelli, non molesto le ragazze, non dico parolacce... io, io che l'unica colpa che ho è che studio... io, guardi come mi ha ridotto!»

L'orazione è finita. Anche la ricreazione. Al primo trillo della campanella Biflo rificca il fazzoletto in bocca all'insegnante. Sarà quel che sarà.

TERZA ORA

La classe è riunita al gran completo. Manca, oltre a Biflo, Nihi, impegnata in una accesa discussione col professor Ferrosi in un angolo del cortile. Li hanno visti tutti confabulare animatamente, lui ha pregato la Maria di sorvegliare la quarta B in sua assenza. Ma di piú non è dato sapere.

Grafo inizia come ogni giorno la sua attività lavorativa. Fogli e pennarelli alla mano, schizza il progetto di quanto nella notte dipingerà sui muri della città. Vale è impegnata in una lunga telefonata con la sua amica Giulia, appena scaricata da Tongo e quindi molto depressa. Firma legge una rivista. Quelli del Grande Fratello raccontano le loro vite prima e dopo la partecipazione televisiva. Molto istruttivo.

Bru legge un romanzo d'amore. Pensava di finirlo di notte, quando la famiglia dorme e lei può finalmente sognare di diventare all'improvviso bellissima e conquistare Ucciucci. In fondo l'adolescenza è un'età di cambiamento. Adesso lei è cosí, non si piace neanche un poco e vede che i suoi compagni la evitano. Colpa della sua bruttezza. Un corpo magro, senza forme, la pelle rovinata dai punti neri – che schiaccia senza pietà, ma che proliferano e si moltiplicano in modo esponenziale. Ne distruggi uno e te ne ritrovi cinque. Ma cambierà. Nei romanzi cambia sempre qualcosa e la protagonista, con l'amore, da bruco diventa farfalla.

Gli altri dieci sono coi nervi a pezzi. «In fondo era meglio una lezione d'italiano della Perussini» commenta Bis. In molti annuiscono. «Cosa facciamo adesso?» chiede sconsolato Guz. «Aspettiamo» risponde Canna. Due ore senza fare niente sequestrati in una classe sono persino piú intollerabili di cinque ore di lezione. Pig tira fuori le carte, ma nessuno ha voglia di giocare, nemmeno Ucciucci, noto campione di scopa di tre licei cittadini. Persino Schizzo è stufa di sentire musica e chiude l'iPod. Ciàina racconta qualcosa sull'incontro con Biflo, timidamente. Non ha voglia di parlare. Si sente colpevole e sta male.

A risolvere le cose è, al solito, Ciccia, molto pratica, sempre efficiente. «Sentite, intanto che aspettiamo Nihi e Ferrosi, che ne dite se io e Seno vi passiamo i compiti della settimana? Cosí almeno quando sarà finita questa storia saremo tutti piú liberi...» L'idea viene accolta dall'intera classe con entusiasmo. E mai la terza B nella sua storia lavorò cosí alacremente come in quell'ora. Un evento irripetibile, ma del resto non capita spesso che il primo della classe sequestri in un bagno la professoressa di latino.

Sono soli, senza sorveglianza. Non fumano, non giocano, non fanno casino. Copiano versioni, esercizi di matematica, compilano questionari. Il silenzio regna sovrano. Persino Vale spegne il cellulare per approfittare della situazione. E Pig, che ha scoperto un errore nell'esercizio di fisica passatogli da Seno, annuncia con orgoglio a tutti di essere un genio. «Certe cose le so per via del computer» ammette, non nascondendo un certo compiacimento.

«Io invece per via del motorino». Guz è il re dei motorini. Li ha truccati tutti, il suo attuale è un agglomerato del meglio dei pezzi di otto motorini recuperati tra parenti e amici. Fa anche cento metri in impennata. «La pratica può piú della teoria, – sentenzia e conclude con malcelato orgoglio: – e io di forza di gravità ho fatto esperienza sulla mia pelle».

«Sapete che sarebbe bella una scuola di soli studenti?» «Ma dài Schizzo, c'è già, mai sentito parlare dell'autogestione?» No, perché alle assemblee di solito, a parte Biflo e Canna, non ci va nessuno. Insperata giornata di festa, da santificare dormendo un po' di piú.

«Istinto, emotività e ragione». Nihi ripete a Ferrosi quanto Ferrosi ha ripetuto per settimane in classe. «Sí, mia cara. E quindi un uomo sarà giusto quando ognuna delle tre parti dell'anima adempirà alle sue funzioni e l'elemento razionale, sostenuto dall'emotività, dirigerà l'istinto». «Okay, prof, Platone, *Repubblica*». «No, anche in *Fedro*. Ricordi il mito della biga alata, tirata dai due cavalli? Quello bianco è l'anima irascibile, l'emotività, quello nero l'anima concupiscibile, l'istinto. È l'auriga, l'anima razionale che li guida». «Bene. Ma in questo caso cosa dobbiamo fare?»

Cominciano a riflettere assieme. L'istinto di Nihi le dice che in fondo si tratta di una casualità e che quindi non sarebbe il caso di farne venir fuori un dramma. «Anch'io a istinto la penso cosí, – riconferma Ferrosi. – Bastava chiamare la bidella o la preside e non sarebbe successo nulla. Portavano la Perussini in infermeria...» «No, prof, è chiusa da tre mesi, hanno solo due assorbenti e una scatola di aspirine, non c'è piú nemmeno la sedia...» «Va be', la mettevano sul divano della preside, Biflo forse si beccava una lavata di capo e finiva là». «Ma c'è di mezzo l'emotività di Biflo». «Di Biflo e di tutti voi, Canna in testa». Per inciso, Ferrosi è l'unico a conoscere tutti anche per soprannome. «Cosí, una cosa che a istinto poteva finire in una bolla di sapone, con l'emotività e senza l'uso della ragione...» «Ma noi l'abbiamo usata. Abbiamo fatto un piano, bloccato i bidelli, chiuso il bagno, Cadei non s'è accorto di nulla...» «Avete risolto emotivamente e a istinto il contingente. Ora bisogna usare la ragione». Nihi comincia ad essere stanca. «Ci dà una mano?» taglia corto.

Un professore, per quanto democratico, aperto, disponibile possa essere, è e resta professore. Sono talmente rare le occasioni per trasformarsi da sottopagato ripetente – ogni anno le stesse cose, cambiano solo le facce dei ragazzi – in pedagogo, che mai e poi mai Ferrosi se la lascerebbe scappare. «Vi ho mai lasciati soli? Mai. Però adesso seguite le mie istruzioni. Va' in classe, vi raggiungo immediatamente».

Nihi rientra, Ferrosi va a confabulare con la collega di matematica in sala professori. È giovane, molto carina. «Sabini, facciamo cambio di ora senza che lo sappia nessuno. Ho un problema da risolvere in terza B. Tu adesso, anche se sei in pausa, vai in quarta e mi sostituisci. E alla quinta ora ci scambiamo le due classi, io in quarta e tu in terza. Poi ti sono debitore e ti invito a cena, cosí ti racconto tutto». «Quali misteri! Dài, di' subito». «Ci stai o no?» Ci sta, professor Ferrosi, ci sta, avrebbe detto subito Nihi, con un pizzico d'invidia. Anche i professori hanno un sesso. «Però non piú di una pizza, eh...» Un sesso sí, soldi pochi. È un modo per restare sempre ragazzi?

Ferrosi prende possesso della terza B, o meglio di una classe che sembra la terza B, ma non è la nota terza B. Mai visti, nemmeno nei compiti in classe, quattordici ragazzi cosí silenziosi chini su libri e quaderni. Ciccia non perde tempo e riconsegna senza tanti giri di parole i compagni al docente. «Adesso faccia lei, io ho finito». Sbrigativa, ma sempre pratica e concreta.

Ferrosi viene accolto da tutti come se fosse il professor Robin Williams nell'*Attimo fuggente*. Gli somiglia anche un po' e forse anche per questo piace a Nihi. O forse no. A lei piacciono i piú grandi, questo è certo.

È figlia di divorziati, di quelli che fanno le cose senza drammi per amore dei figli. Papà è un buon uomo, ma pur sempre un gran bambinone. E Nihi non vuole soffrire come sua madre. Nihi, che sa di essere forte, sogna solo di venir protetta. Le basta un attimo, solo un attimo di pace. È Schizzo che ha avuto reazioni diverse. Anche lei è figlia di divorziati. Ma Schizzo ha proprio rifiutato suo padre e con lui tutti gli uomini. Schizzo è la sua migliore amica, Nihi la protegge al punto che molti pensano che... Ma cosa pensano, cosa ne sanno delle indistinte sessualità di due sedicenni? Chiacchiere. A Nihi un uomo come Robin Ferrosi Williams piace, altro che Canna e quel bamboccione di Ucciucci. E a Schizzo vuole bene, come e piú che a sua sorella. Certo, al sabato sera vanno a dormire a casa dell'una o dell'altra, dipende da quale madre è assente. E dormono assieme, come se una fosse il peluche dell'amica. Dormono vicine, cercando tra loro di trattenere qualcosa di un'infanzia sentita protetta, di allontanare le troppe domande senza risposta del presente.

Non che non abbiano avuto incontri ravvicinati con ragazzi, no. Tante storielle di cui ridere o sorridere, anche con simpatia. Ma un amore da definire tale con un maschio allo stato attuale delle cose risulta quasi impossibile. Nihi, forte della sua filosofia del "tutto è niente", non ne fa una malattia. Per Schizzo è diverso, lei è piú sensibile, piú fragile, piú dispersa. Guz sbava per Schizzo dal primo giorno di scuola del primo anno, ormai se n'è fatto una ragione e ha accettato il ruolo di amico-cavalier servente-traghettatore in motorino. Basta un cenno e Guz è a disposizione. Senza nulla in cambio, se non amicizia. Il buffo è che ogni volta che Guz si trova uno straccio di compagnia femminile, Schizzo dà di matto. No, non è gelosia, o almeno lei nega che lo sia. È che si preoccupa per l'amico, dal momento che conosce solo ragazze di livello culturale sotto lo zero, incapaci di proferire parola di senso compiuto, oggettivamente riconosciute dall'intero pianeta giovanile cittadino come "stronze", con un bagaglio di nefandezze ai danni dei poveri maschietti da far inorridire anche il Marchese de Sade. Per quieto vivere, tempo una settimana, Guz le lascia. E Schizzo torna a schiavizzare in tutta serenità l'incauto fanciullo.

Ma torniamo a Ferrosi e alla sua giornata di grazia. Forse la mattina, alzandosi, ha avuto una premonizione. Forse no, sta di fatto che s'è infilato i jeans piú nuovi, ha scelto una camicia azzurra su cui gettare la giacca di velluto a costine chiara, tirato fuori i mocassini di cuoio. S'è fatto la doccia, s'è sbarbato e, per completare l'opera, persino profumato. Non sapeva perché, ma sin dal risveglio quel giorno Ferrosi s'è amato. Non che non si ami tutti i giorni. Ferrosi, se non è ricco per quel che riguarda il denaro, trasuda autostima e affetto nei propri confronti. Scrive commedie e romanzi che solo registi da strapazzo e editori incompetenti rifiutano. S'è cimentato anche con la poesia, ma il genere, per la sua struttura codificata, limita le possibilità da parte dei lettori di intuire appieno la profondità e la creatività dei concetti da lui espressi. Brillantemente laureato in filosofia con una tesi destinata a rivoluzionare il pensiero del prossimo millennio, aveva accettato l'insegnamento alle scuole superiori esclusivamente per due motivi: perché era un modo per mantenersi e perché nessuno, a quel tempo, assumeva filosofi, nemmeno come portaborse di un politico. Bisogna dargli atto, però, che non ha mai vissuto la cosa come un fallimento, anzi. Nonostante il susseguirsi di ministri e di riforme, una piú schifosa dell'altra, ritiene la sua presenza a scuola essenziale per la società. O almeno per i ragazzi che la medesima gli ha dato in sorte. Insomma è, a tutti gli effetti, un gran brav'uomo e anche un ottimo insegnante. E questo i ragazzi l'hanno capito subito.

«Ragazzi, spero vi rendiate conto che siete tutti diventati complici di Biflo e che io ora sono diventato vostro complice». Facce sconvolte e silenzio da tagliare a fettine. «Ne verremo fuori. Ma adesso dobbiamo mettere a fuoco la situazione». Ovviamente senza le due dita puntate a mo' di pistola da Pig, una spiritosaggine che viene gelata col solo sguardo dal docente.

«Siamo tutti nella merda». La consueta praticità di Ciccia, espressa probabilmente in un gergo un po' crudo, non viene apprezzata dalla classe. «No, possiamo, anzi dobbiamo fare qualcosa». Canna ha recuperato le forze, complice il fatto che non si sente piú solo con Bis in balía del "pianeta classe". Ora c'è anche Ferrosi.

Va detto che Canna non stima, nell'ordine: le ragazze, Ucciucci, Biflo, Pig, Guz. Non giudica Grafo, non essendo mai riuscito scambiare una parola con lui. Ucciucci è un figlio di papà, Biflo un secchione, Pig un drogato dai videogiochi e Guz dai motorini. Lui, Canna, con Bis si fa di roba leggera, ma pensa e continua a pensare. Forse cosí pensa di piú. E se Bis lo segue come un'ombra è solo perché lui ha carisma. Piú di suo padre, l'avvocato.

A Canna l'avvocato non va né su né giú. Intanto non tace mai (motivo in piú per stimare i lunghi silenzi di Grafo), poi perché non solo sa già tutto, ma ha già fatto, visto, annusato, assaggiato, toccato, percepito, intuito tutto. Non esiste un verbo del dizionario italiano che non sia stato agito dall'avvocato. Coniugandole di volta in volta con l'essere e l'avere, il padre di Canna è una specie di concentrato d'azioni. Tutte perfette e tutte con un unico soggetto: lui. La mamma ascolta con pazienza, e purtroppo ammirazione, le mitiche gesta dell'eroe, cosa che ha indotto negli anni Canna a ritenere le donne una sottospecie del genere maschile.

Ma adesso c'è Ferrosi. E insieme riusciranno a chiudere a breve la vicenda senza bisogno di polizia, preside, genitori e quant'altro.

«La cosa migliore da fare è avvisare la preside, – scandisce Ferrosi, come se fosse stato colpito da un improvviso attacco di buon senso. – Lei chiamerà la polizia che farà irruzione nel bagno». «Ecco, appunto» sottolinea con sana concretezza Ciccia. «E voi verrete tutti interrogati». In preda a un anelito ironico, insolito in un professore, tanto piú in un professore come lui, aggiunge: «Finalmente! I vostri genitori verranno edotti dalla stampa su quanto è accaduto in questo liceo».

La classe non fiata, Ferrosi procede nella descrizione del suo infernale scenario. «Verranno chiamati in televisione i migliori esperti in psicologia dell'età evolutiva e adolescenziale. Uno di voi verrà invitato al Maurizio Costanzo...» Firma sorride. «Posso andare io, prof». Ferrosi prosegue impietoso, ignorando l'offerta. «Verrete descritti come mostri, gente che non esita a segregare una professoressa in un gabinetto pur di non farsi interrogare in latino». La classe si rende conto che lo scenario, se non vero, è plausibile. «E non solo, – Ferrosi è inarrestabile, – i figli della Perussini verranno intervistati, racconteranno i loro traumi...» Lo interrompe con violenza Vale. «No, questo no, è inammissibile! Quei tre cessi cretini in televisione no!» «Vale, ricomponiti e ricordati che sei a scuola!» Ferrosi è imperativo. «Sarò anche a scuola, ma quelli in televisione no! Ma li ha visti?»

Vale ha della realtà una televisione, non una visione. I concetti che deve esprimere passano via sms in un linguaggio contratto ed essenziale. "Cmq tvb" è la frase che spande a piene mani a Big Jim dopo una litigata. Due punti e una parentesi sono il suo modo per comunicare affetto. Graficamente sembrano :) ma in realtà sono il suo sorriso. Studia per mantenere una decente media del sei, che le consenta di non dover spegnere il televisore nel primo pomeriggio, proprio quando i programmi (segnalati come prg via sms) si fanno hot. È esperta in telenovele, corsi d'arte per sicure promesse, risse in diretta, amorazzi all'americana. Vorrebbe un liceo carico di armadietti dove incontrare di nascosto quello del campus che non c'è, da sottrarre a una bionda boccoluta che fa la majorette per le partite di baseball in una scuola che a malapena riesce a organizzare una corsa campestre. "Cmq" è il suo motto. E sbaciucchia Big Jim. La mamma va avanti, il papà va avanti. Ma per loro andare avanti significa semplicemente vivere. Lei da loro ha ereditato "cmq". Senza vocali, senza vocalizzi. "Cmq". Col mutuo. Finché non sarà estinto.

Vale sta per scoppiare a piangere. A lei della Perussini, di Biflo, della classe non interessa niente. Neanche di Ferrosi. L'hanno emarginata dal primo giorno, infilandola in quel "senza infamia e senza lode" che è il simbolo del crudele disinteresse dei ragazzi e dei docenti per una persona che aspetta di essere messa alla prova, senza sgomitare mai. Cancellata. E Vale li ha cancellati. Ha trovato Big Jim e con lui condivide ogni attimo della sua vita. Le basta questo. Le basta una boa dove aggrapparsi quando l'insicurezza e lo stupore prendono il sopravvento. Le basta riempirsi di simboli per sentirsi come gli altri e tra gli altri. Il cellulare, il motorino di lui, il casco sempre a portata di mano.

Aveva un fratello, Vale. Si è schiantato una notte col motorino su un'auto che usciva da un parcheggio. Non aveva il casco, è morto per colpa sua. Cosí lei ha sempre il casco con sé. Cosí nessuno in famiglia si agita. E mamma e papà continuano la loro silenziosa non vita, lasciandole vivere il suo silenzio nel nulla. Tutto è morto con suo fratello. Lei c'è solo per Big Jim.

«Prof, basta. Basta!» La voce di Vale scuote l'intera classe. «Basta. Vado in bagno, prendo quei due, li porto qui e la facciamo finita». E aggiunge: «E poi sarà quel che sarà. Comunque».

«Vengo con te». A parlare è Ciàina. «Vengo con te, so come trattare Biflo». Cosa passa per la testa della cinese? Ma se è, dopo tanti anni, ormai "cinese per caso"!

Ferrosi, Canna e Ciccia si sarebbero aspettati un intervento di tutti, ma non di quelle due, a cui si associa immediatamente Firma. «Vengo anch'io».

La trimurti esce dall'aula lasciando senza parole il professore e i suoi discenti.

«Apri, coglione». Firma non ama le mezze misure. «Sono Ciàina, apri». «Apri comunque». Al comunque di Vale, Biflo socchiude la porta. E le tre entrano. «Hai finito di rompere le balle? La prossima ora abbiamo lezione e la Perussini deve essere in classe!» Firma non perdona. «Che abbiamo, prof, quella solita menata di Dante? Meglio di questa!»

La Perussini sgrana gli occhi cercando di bofonchiare qualche vocalizzo dal fazzoletto. Le tre ragazze, pur accorgendosi del lieve stato di difficoltà in cui versa l'insegnante, proseguono impavide. «Sei un vero deficiente». «E anche un cesso». «Come dire un inutile idiota». «Ma cosa ti credi?» «Si dice, ma cosa credi!» «Indifferente. Fesso. Ci stai mettendo tutti nei guai». «Cretino, molla la prof e torniamo in classe». «Da te, Biflo, questo non me lo sarei mai aspettato. Io ti ammiro!» Ecco, Ciàina ha trovato la via che porta diritta alla classe, con tanto di Biflo e Perussini. Biflo è in catatonia. «Fate voi, per piacere, fate voi...» supplica.

Mentre Firma sorveglia il corridoio, Ciàina e Vale sollevano la Perussini e la trascinano... L'occhio della professoressa sembra quello della telecamera che riprende una madre guardare una carrozzella che scivola lungo una gradinata. La professoressa Potiomkin. Una scena orrida. Biflo raccatta le sue cose e, in pigiama a fiori di loto, segue le compagne di classe. È sfibrato e sfinito. La strada dal bagno all'aula sembra non finire mai. «Cretino, chiudi almeno la porta del cesso». La dolce voce di Ciàina lo richiama alle sue responsabilità. E lui chiude diligentemente la porta.

«Prof Ferrosi, si rende conto che non può restare in classe?» Ciccia è la semplicità fatta persona. «La lezione su Platone e Aristotele ce la fa un'altra volta. Adesso vada via. Quelle tre sono sul serio capaci di portarci in classe la Perussini e Biflo. Si troverebbe nei guai o imporrebbe la sua linea. Ma lei sa meglio di me che è impossibile stabilire qual è l'ordine razionale migliore per una società...» Incredibile. Ferrosi aveva appena iniziato a spiegare Aristotele e quel diavolo di ragazzina già aveva assorbito tutto. «Dobbiamo cavarcela da soli, prof, e vedrà che ce la faremo».

Se c'è una cosa che i ragazzi detestano sono gli adulti. Ma se c'è qualcuno, tra gli adulti, piú detestabile di tutti è l'adulto che cerca il dialogo. Se poi lo cerca adducendo maggiori saperi, è un adulto da evitare. Non sempre, ovviamente, solo quando intralcia i lavori del branco. Per il resto va benissimo, tanto sono vaccinati! L'adultosciente è per un adolescente una palla al piede. E se gli viene riconosciuta una qualche credibilità per il numero di conoscenze accumulate nella sua esistenza, infastidisce ancora di piú. Ferrosi in quel momento era il massimo esemplare esistente di adultoscienza.

«Prof, se ne vada, facciamo noi, si fidi». Ciccia non conosce le mezze misure. «Vada. E mi raccomando, stia zitto!» In un improvviso raptus di ruffianaggine, Canna esplode: «Professore, vedrà che sapremo mettere a buon frutto le sue lezioni!». Nihi non è d'accordo, ma siccome tutto è niente la protesta le muore in gola.

E Ferrosi va. «Mi raccomando, ragazzi, ho fiducia in voi. Vi do tempo un'ora, poi devo...» S'è messo in un mare di guai, forse di piú, e sa che sta facendo una cosa assolutamente riprovevole e sbagliata. Però qualcosa gli dice che i ragazzini ce la faranno. Bisogna credere nei giovani, lui ha sempre creduto nei giovani. Non c'è anima piú nobile di quella di un adultosciente, una persona che ha saputo crescere senza perdere per strada la propria adolescenza. Esce. Per andare a riprendere il suo posto. «Sabini, come non detto, tutto come prima... a parte la pizza, vero?» La Sabini, alquanto interdetta, conferma. «Però questa sera mi racconti tutto...» Ferrosi spera di sí.

Ciàina e Vale scaricano sulla cattedra il corpo incaprettato della Perussini con la grazia con cui un portuale sbatacchia balle di cotone dentro un container. Di tutto ciò la classe non prende coscienza, ammutolita di fronte al nuovo look di Biflo. Nel suo pigiama a fior di loto il secchione, il primo della classe, il compagno vicino a cui sedersi per avere garanzia di promozione a ogni compito in classe, sembra un viado in versione dark. «Faccio una foto col cel... – propone estasiato Pig. – Roba cosí la metto in rete e da domani siamo su tutti i giornali!» Ridono tutti, ma è un riso nervoso, quasi irriconoscibile rispetto alle risate che solitamente sgorgano dal cuore di una classe con velleità goliardiche. Non c'è niente da ridere. E Ciccia lo dice apertamente.

La campanella segna la fine della terza ora. Qualcuno, per non destare sospetti, deve uscire. «Canna e Bis, – Ciccia è perentoria, – andate a farvi il solito in bagno, cosí ripulite tutto, il vostro fumo e già che ci siete anche il cesso. Gli altri fuori. Qui restiamo io e Seno. Oltre a Fiorellino, ovviamente! Ah sí, dopo togliete anche il cartello dalla porta del bagno... e fate sparire tutte le tracce...» È l'ultima indicazione che Ciccia dà, prima di accasciarsi sfinita sulla sedia davanti alla cattedra. Solo allora vede la Perussini. E con grande self control rattiene un urlo di raccapriccio.

«Ciao, Fior di Loto!» «Ma come sei bella, Biflo!» La classe sciama per recuperare qualche minuto d'ossigeno. Grafo s'impossessa della lavagna su cui disegna un enorme fiore di loto con la faccia di Biflo. Ciccia, sconsolata, chiede alla Perussini: «Ma quando cresceranno?». La professoressa mugugna qualcosa d'inintelligibile dal fazzoletto, si dimena un po', poi s'arrende. Pare stanca. «Stufa anche lei, prof?» chiede con educazione Seno. La risposta non arriva, ma non importa. «Si figuri io!» conclude la ragazza con matematica precisione.

QUARTA ORA

Seno e Ciccia provengono da due famiglie universalmente definite normali. Messe al mondo da coppia regolare in età di normale procreazione – né troppo presto, né troppo tardi, giusto –, munite di fratelli e/o sorelle minori o maggiori, vivono in normalissimi condomini dove la sera riparano anche mamma e papà al rientro da un lavoro di routine, ma appagante. Escono al sabato sera con un normalissimo ragazzo, conosciuto nel corso di attività sportive o comunque parallele a quella scolastica. Durante la settimana studiano, la domenica la dedicano ai parenti, l'estate vanno in vacanza con la famiglia. Per il compleanno o a Natale ricevono quanto serve per essere alla moda, senza però eccedere in forme indelebili, come piercing o tatuaggi. Non fumano, bevono una birra nel dí di festa, hanno provato a farsi una canna, ma non è successo nulla. Probabilmente non erano interessate al tipo di prodotto. Si aggiornano, sono carine, educate e anche spiritose. Soprattutto sono tranquille, non disturbano nessun manovratore. Mai.

Ciccia sa perché lo fa. Ha imparato quando aveva sí e no tredici anni. Aveva scoperto papà chiacchierare – si fa per dire – in macchina con una collega. Lui non l'aveva vista, lei s'era tenuta per sé il segreto. Non era il caso che tutti sapessero, men che meno la mamma, che sembrava sempre felice.

Cosí aveva deciso di stare zitta. Però aveva cambiato carattere. Da allora cerca in ogni situazione la soluzione piú razionale, la concretezza, come se i sogni e le parole fossero qualcosa che non la riguardasse direttamente. Anche con Picchio, il suo ragazzo, vive solo di cose da fare. Una corsa in bicicletta, un film da condividere, un progetto di gita, una pizza. Tutto normalmente, tutto in serenità. Ciccia è sempre allegra. Solo una cosa infastidisce, ma poco poco, la famiglia: sembra diffidare del padre. Non vuole che l'accarezzi, ci parla poco, non gli dà confidenza. «È l'adolescenza» dice sorridendo la mamma. E tutto finisce là.

Per Seno è diverso. Ora va tutto benissimo, si sono ripresi. Ma lei non ha dimenticato gli anni in cui il negozio era fallito. Colpa di mamma, che non sapeva fare i conti, o di papà, che non sapeva trattare con le banche? Seno era abbastanza piccola per non poterlo sapere. Ricorda solo l'elenco infinito di numeri a piú cifre che rimbalzavano ogni sera dalla cucina al salotto, alla camera da letto, numeri come lacrime che sgorgavano senza mai arrestarsi ogni volta che qualcuno apriva bocca. Cosí Seno decise che si sarebbe avventurata lei sulla strada della matematica e avrebbe risolto qualsiasi problema. Gli adulti non sanno mai quanto li guardano i bambini!

Ciccia e Seno si avvicinano alla Perussini. «Professoressa, – esordisce Ciccia, – si rende conto che adesso siamo tutti noi, non solo Biflo, ad averla sequestrata?» «Ma io non volevo!» piagnucola il secchione. «Taci, imbecille! Adesso, signora, o ci denuncia tutti e quindici o...» «O tratta con noi, – conclude Seno. – E glielo dico prima che la classe rientri per il prossimo psicodramma». La matematica non è un'opinione e a Seno solo l'idea dell'ora di dibattito che l'attende fa venire l'orticaria. L'ipotesi di un giudizio collettivo non piace a nessuna delle due, ma – valutata a istinto la situazione – suggerire uno scenario possibile potrebbe essere utile per evitarlo.

«Se lei collabora e alla fine non ci denuncia tutti, le giuro che Seno e io faremo di tutto per liberarla». «Anch'io» sbiascica Biflo. «Tu taci e basta! Deve avere solo pazienza. Ha sopportato tanto, regga ancora per quest'ora».

La Perussini alza gli occhi al cielo, muove le gambe e le braccia. Seno, pietosa, le leva il fazzoletto dalla bocca e la donna lancia un urlo, che viene coperto dal rumore della campanella e dalle grida degli alunni in corridoio. «E no, cosí non va!» sentenzia Ciccia, ritappandole la bocca. E via via tutti rientrano in classe.

La Perussini – bisogna capirla – non ne può piú. Sono tre ore che vive tra svenimenti e fazzoletto smoccolato di Biflo in bocca, con le mani legate, ma soprattutto coi piedi sofferenti immobilizzati alle caviglie. Caviglie che, per inciso, hanno già problemi di circolazione per conto loro senza bisogno di procurarsene altri. La posizione supina sulla cattedra le pare sufficientemente precaria e pertanto evita qualsiasi movimento. Scelta che penalizza la già dolorante cervicale. Eppure, quando Pig propone di metterla seduta sulla sua sedia (ovviamente legata), si sente pronta per un nuovo svenimento. Pig e Guz sollevano un corpo semimorto, bestemmiando per il peso inaspettato. «Collabori, prof, porca miseria, non siamo mica dei facchini!» Bru ha già predisposto la sedia con due sciarpe colorate, di cui una è la kefiah rossa di Canna, pronte per legarle i piedi. E non solo. Si è procurata una pashmina per imbavagliarla. «Povera donna, non possiamo mica lasciarla per sempre col fazzoletto sporco di Biflo in bocca! Vi rendete conto?» La classe annuisce. In effetti la cosa fa un po' schifo a tutti, tanto che, terminata l'operazione trasporto e assicurata l'insegnante alla sedia, Biflo viene costretto a riprendersi il suo straccio, mentre con rapidità Ucciucci provvede al nuovo imbavagliamento.

«Molto meglio ora prof, vero?» Bis l'accarezza sulla testa per rincuorarla. «Stia tranquilla, non le succederà nulla di male. Noi vogliamo solo parlarle».

Le nuove generazioni lo sognano dalla nascita: parlare con un adulto che non sia in grado di rispondere. I sociologi sostengono che in buona parte delle famiglie è la prassi e può darsi pure che sia vero. Il ragazzo magari anche parla, il genitore magari anche ascolta, ognuno si risponde ciò che vuole su un tema a scelta e nel novantanove per cento dei casi scoppia la rissa. Il ragazzo si alza sbattendo la porta alle spalle, il padre impreca, la mamma piange, i fratelli sbuffano, la nonna, se è presente, ricorda che "ai miei tempi...".

L'alternativa è un dialogo col professore. Lui domanda e, se sai, bene, ma senza grande entusiasmo. Se non sai, al posto. Tanto il professore sa.

Alla terza B si offre un'occasione imperdibile: parlare con un adulto muto. Un sogno inespresso, talvolta anche inconsapevole, si avvera. La classe s'avventa sulla cattedra.

«Ragazzi, – Canna è impietoso, – intanto lasciamola respirare. Tutto bene, vero, signora Perussini? Non statele tutti addosso, non avete mai visto una prof imbavagliata? Forza, uno per uno dica la sua, ma con ordine. E per piacere, siate sintetici. Comincio io».

Da quanti anni Canna sognava di arringare un "grande"? Dalla nascita. Da quando aveva imparato a mettere assieme la frase "e io ho detto" con "e allora il pretore ha risposto" e sintonizzarla su "e allora io mi sono appellato". Da sedici anni pranzava e cenava con quell'io parlante e un pretore replicante, sempre sconfitto dal geniale eloquio del narratore.

«Professoressa Perussini, mi appello a lei nel farle presente che da questo momento non è piú sotto sequestro di Biflo, ma di tutti noi!» La pausa ci vuole tutta. «Professoressa Perussini». Pausa. «Professoressa Perussini, da tre anni lei si ostina a interrogare in latino alla prima ora del lunedí».

«Ma che cavolo c'entra...» Nihi pare disgustata.

«Taci, parlerai quando tocca a te. Lei ci interroga e noi siamo costretti a entrare in ritardo o a inventarci giustificazioni...»

«Vero» fa eco Firma.

«Taci. Lei ci interroga, noi restiamo assenti o imbrogliamo per evitare danni ben peggiori. Lei ci costringe a bluffare, mentre noi chiediamo solo dialogo e trasparenza. Quel dialogo e quella trasparenza che, beninteso, non sembrano piú far parte della nuova autonomia scolastica, dopo una riforma che noi studenti non volevamo e che il governo ci ha imposto. Il diritto allo studio...»

«Ma che cazzo dice?» «Taci Ciccia, sei tu che gli hai suggerito di farsi una canna...» esplode Seno. «Ma pensavo fosse roba buona!» L'ars oratoria di Canna infastidisce i compagni, ma ha un soporifero effetto sulla Perussini, che chiude gli occhi, non senza averli prima alzati al cielo.

«Il diritto allo studio, dicevo, non contempla interrogazioni di latino alla prima ora. È dunque inevitabile che, constatato il perdurare dello status quo, sic stantibus rebus, è impensabile che quest'essere in pigiama a fior di loto, quest'individuo, già inguardabile per scherzo di natura e ora ripugnante, possa essere l'unico in grado di sopportare simili abusi di potere». Canna chiede un bicchier d'acqua e Biflo gli passa la "mulobottiglietta" cinese. Un sorso e riprende fiato. «Professoressa, che colpa ha questo meschino se non quella di essere l'unico in questa classe a studiare sul serio latino? Ritiene giusto distruggere questa già inutile esistenza votata allo studio di una lingua morta per un minuscolo, e sottolineo minuscolo, errore? Chi, se non quest'insetto, avrebbe retto la sua inquietante presenza nel bagno dei maschi? A proposito, cosa ci faceva lei, cosa cercava nel bagno dei maschi?»

Biflo applaude, Nihi esplode in un: «Questo è troppo...», seguita da cenni di consenso di tutta la compagine femminile. «Fatti un altro film, Canna, o un'altra canna!» suggerisce Ciccia.

Il ragazzo non molla. Sa dove vuole arrivare: inchiodare la vittima alla sua correità col carnefice, complice lei stessa del suo persecutore. A parte i film che ha visto, a casa papà fa cosí. Quando la moglie gli urla di tutto, per averlo sorpreso in dolce conciliabolo con una cliente, dopo aver negato, passa all'assalto. "E tu, l'unica donna in cui credevo, osi pensare di me che io... è finita, non c'è piú niente per cui valga la pena vivere!" Di solito funziona.

«E lei, professoressa, l'unica donna in cui Biflo credeva, ha osato pensare che lui... è finita, non c'è piú niente per cui valga la pena vivere! Pensi alla disperazione di questo ragazzo, inconfutabilmente vergine da ogni punto di vista, inseguito da un'anziana fino all'ultimo e unico posto di questa scuola dove si può ritrovare se stessi!» «E fumare in pace. Amen». «Bis, non fare lo spiritoso, non è questo il momento. Professoressa, cosa cercava nel nostro bagno?» Per motivi tecnici la Perussini tace. «Chi tace acconsente. Se non ha niente da dire ne prendo atto. Ma stia ben sicura che spiegherò alla preside che tutto ciò è nato da una sua voluta prevaricazione. Lei è entrata in quel bagno, noi l'abbiamo liberata e portata qui. Ho finito».

Aspetta l'applauso, ma solo Biflo e Bis gli dedicano un cenno di solidarietà. Le ragazze lo guardano schifate. Grafo va alla lavagna e scrive a caratteri cubitali: "Era ora".

Grafo è dalla nascita un ragazzo difficilmente comprensibile. Per quanti sforzi abbia fatto la famiglia per venirgli incontro, sin dall'ingresso in asilo ha manifestato un particolare fastidio per tutto ciò che fosse "comunità". A lui non interessava giocare con gli altri bambini, men che meno "diventare un ometto", e si vergognava un mondo quando le maestre lo costringevano alla recita di Natale. Le uniche parti che accettava erano quelle del bue o dell'asinello, perché c'era la maschera, ma non c'era verso di farlo nemmeno muggire o ragliare. Intelligentissimo, aveva trovato nella scrittura sfogo alla sua creatività, ma, essendosi accorto subito che scrivere temi implicava comunque raccontare qualcosa di sé, decise di concentrarsi sin dalla prima elementare sulla grafia. In terza elementare aveva coniato un suo particolarissimo alfabeto che convinse le maestre a convocare d'urgenza lo psicologo. Preso atto che si era in presenza di un genio, tutti si rassegnarono a vederlo crescere a modo suo. Si intuiva che aveva un gran bel mondo interiore, pensieri e fantasie diversi da quelli dei coetanei, una forte sensibilità. Si capiva anche che non era sua intenzione condividere nulla di tutto ciò con nessuno. Il suo mondo era solo suo. Alle superiori cominciò a graffitare. Prima timidamente, poi sempre piú sicuro. Raccontava sui muri, con disegni e scritte ondivaghe, i suoi segreti. Il grande balzo avvenne quando riuscí a raggiungere i treni: da allora la notte s'infila nei reticolati della stazione per lanciare il

Grafopensiero nel mondo. I genitori sono preoccupatissimi. Gli insegnanti pure. Lui li rassicura con un profitto decoroso e con l'assenza di qualunque problema un adolescente comune possa manifestare. Se beva o fumi, se sia innamorato o no, non è possibile capirlo, se non imparando a leggere i geroglifici con cui tappezza la città. I compagni di classe si sono abituati alla sua assente presenza. Canna e Bis prima, Ucciucci poi hanno tentato di farsi tradurre qualcosa, ma l'impresa è effettivamente superiore alle loro forze. La libertà di Grafo, ormai vecchia di sedici anni, è inafferrabile. O almeno lo è stata fino a questa stramaledetta mattina.

Disturbato da tutto il casino suscitato da uno stupidissimo equivoco, impossibilitato a portare a termine il progetto previsto per la nottata, il ragazzo decide di uscire dal suo storico silenzio. «Era ora che Canna finisse e sarebbe ora di farla finita». La Perussini, nel sentire la voce dell'alunno sgorgare spontaneamente senza sollecitazioni, strabuzza gli occhi. E tutti, allarmati, pensano a un infarto, tanto che Guz allenta la morsa del bavaglio per farla respirare. «Prof, – Grafo le parla guardandola diritta negli occhi, – solo lei può far finire questo delirio. Per quel che mi riguarda, e le posso giurare che non me ne frega nulla, possiamo stare qui anche tutta la vita. Ma suppongo che lei abbia una famiglia, una casa, un suo mondo oltre la scuola, e che lei voglia raggiungerlo. E suppongo anche presto. Questi qui... – e con un gesto calibrato indica i compagni, – questi qui le chiedono per una volta di dare un cenno di umanità. Io, francamente, da lei non mi aspetto nulla, se non quelle quattro o cinque cose di latino e italiano che magari mi possono anche servire. Ma loro no. Li guardi bene. Loro si aspettano che lei sia un essere umano. Loro, prof, ci credono».

È solo un secondo. Nihi si avvicina a Grafo e gli stampiglia un bacio sulla fronte. Lui è volutamente il nulla, per lei tutto è nulla. Povero ragazzo. Una promessa di vita distrutta con un semplice gesto d'affetto, misto a stima e riconoscenza. Grafo stava per essere uno dei pochi ad avere la ricetta per salvarsi la vita, senza famiglia, senza conoscere sentimenti, amore, dannazione. Senza sapere cos'è il pianto e nemmeno cos'è il riso. Cos'è il desiderio e esserne privato. Grafo non avrebbe mai voluto far parte dei normoviventi. Nihi nemmeno. Eppure entrambi, con l'incoscienza dell'età e la spontaneità di un gesto, stanno siglando quel patto mortale che determina gli anni futuri. Nessuno dei due immaginava, nessuno dei due voleva. Eppure... eppure!

Nihi fissa la Perussini negli occhi. «Anch'io mi aspetto da lei un briciolo di umanità. Ma lei è umana? Cosa c'è di umano in lei? Si guardi. Di umano al momento ha solo un bavaglio e dei legacci. Come tutti gli esseri umani quando vengono squartati dalla vita. Ieri in cattedra, oggi allo stesso posto, ma in ginocchio. Vuole sorprenderci? Ci dica che non è solo un registratore di nozioni, che ci chiede non solo di tradurre Seneca o Catullo... ci dica che ci vuole persone e non quanto ha di fronte... un branco scalcinato di bestiole». La Perussini annuisce, mentre qualcuno nella retroguardia mormora: «Ma non è vero, ci stiamo comportando bene...».

Nihi ha appena scoperto l'amore, quello che durerà in eterno il primo mese, salvo poi affievolirsi col passare dei giorni. Si sente fortissima e Grafo la spalleggia. Non si sono ancora scambiati il primo vero bacio, sanno che sta per succedere, sanno che succederà. Hanno fretta di chiudere questa triste vicenda per aprirne un'altra tutta loro, dove il resto del mondo non potrà che restare alla finestra, sperando di emularli. Tutta colpa dell'adrenalina accumulata e rimescolata con gli ormoni!

«No. Non ci stiamo comportando bene, – Nihi è perentoria, – stiamo privando una persona della sua libertà di movimento. Per cui propongo di liberare la professoressa. Propongo un rapporto alla pari. Sempre che la signora Perussini accetti e non tradisca...»

«Per me va bene». La voce di Ciàina è ferma, sicura. «Per me va bene, ma prima dovete lasciarci parlare tutti. Non solo Ciccia, non solo Canna, non solo tu, Nihi. Tutti abbiamo qualcosa da dire a chi non può rispondere. Professoressa, io mi sento la causa di tutto. Ho chiesto io a Biflo di farsi interrogare. E l'ho chiesto perché ho passato tutta la giornata e la notte ad aiutare i miei a riordinare la nuova merce. Non è fatica, prof, sono cinese e da noi si fa e basta, solo che non sono riuscita a studiare. Ma ormai sono anche italiana e sempre di piú mi va di esserlo. E allora voglio un diploma e poi anche l'università. Voglio anch'io una vacanza, voglio anch'io un sabato sera in pizzeria. Ne ho le scatole piene di involtini primavera e polli caramellati col riso! Voglio anch'io quello che tutti qui vogliono. Studio e vengo a scuola perché è l'unica strada che conosco per ottenerlo. Sono una brava figlia e so che non sarà facile per i miei, meno ancora per i nonni, accettare il mio sogno di europea col muso giallo. Ma nessuno può chiedermi, dopo avermi portato qui, di rinunciare a sognare. Io, per raggiungere la realtà, ho bisogno di questa scuola, di lei prof, di buoni voti. Cosí ho sbagliato e coinvolto in questa storia Biflo, che non c'entra niente e ha una sola colpa: pensare che, siccome sono diversa, posso capire la sua diversità. Ne ho approfittato, mi dispiace».

Biflo si fa rosso. «Cosa intendi, Ciàina?»

La cinese sorride, mentre la classe ride di cuore guardando il compagno in pigiamino. «Intendo dire che tu, come tutti noi, te la meni. Non ti conosci e non ti accetti e speri di scoprire qualcosa attraverso roba chiamata innamoramento o altro. Io ti vado bene, sono visibilmente diversa. Ma ricordati una cosa, caro Biflo, che sei piú diverso tu di me!» Non osa dire niente che non sia evidente. Lei conosce due mondi, convive con due pianeti differenti, passa senza apparenti difficoltà, sicuramente con naturalezza, da uno all'altro. Cinese e italiana, anzi cinitaliana.

La mamma di Ciàina farebbe qualunque cosa pur di non ritornare in Cina. Non cosí il padre, legato a tutte le tradizioni, forse anche a qualcuna in piú. E Ciàina appoggia silente la mamma, perché lei, Ciàina, è e si sente una persona nuova in una nuova storia. «Ho approfittato di te esattamente come tu stai approfittando di me. Pensi di essere innamorato solo perché ho gli occhi in su e tutti mi considerano diversa. Ti faccio sentire buono. Ma io non voglio pietà, io voglio esistere». È silenzio totale. «Prova a esistere anche tu...»

Alla Perussini stanno paradossalmente venendo le lacrime agli occhi. La causa, in buona parte, è dovuta al bavaglio che la costringe a deglutire con ritmo innaturale. Ma è altrettanto certo che uno psicodramma simile a quello a cui sta assistendo non l'avrebbe immaginato nemmeno quando, all'ultimo anno, spiega Pirandello. È una belva riconosciuta, la sua fama di carogna ha raggiunto persino le vicine province, dove si è distinta per decimazioni agli esami di maturità in qualità di commissario esterno. Mette i voti col bilancino da farmacista, interroga secondo le tecniche della polizia cilena sotto il regime di Pinochet, corregge i compiti in classe con cinica precisione, considerando errore in una traduzione dal latino anche una virgola mancante. Animo sensibile, ama le piante, gli animali e, inevitabilmente, anche i giovani. Purtroppo (i giovani) refrattari a ogni disciplina, anche se con la disciplina, secondo lei, sarebbero sempre piú vivi, consapevoli, preparati ad affrontare quello che considera il mondo fuori dalla scuola.

Per la Perussini la scuola è praticamente una famiglia allargata, dove al posto dei pasti si scodella Dante e Virgilio. Entrambi, Dante e Virgilio, hanno la stessa funzione della pastasciutta e della bistecca: fanno crescere. E, come del resto si fa a tavola, bisogna mangiare tutto, nulla deve restare nel piatto, nemmeno l'Alfieri. Se non piace – e a lei l'Alfieri, ad esempio, fa schifo – non importa, bisogna abituarsi a deglutire e digerire. La Perussini non contempla allergie, non sa cosa sia l'anoressia, ignora l'esistenza dei disturbi da alimentazione culturale. I figli a casa la chiamano affettuosamente "Boss", le rispondono con esilaranti "Obbedisco", ma alla fine... Alla fine cosa? Legata e imbavagliata, si chiede se anche i suoi ragazzi siano come quei quindici sequestratori alle prese con qualcosa sicuramente al di sopra delle loro forze.

Eppure non è lei la prima a piangere. Biflo singhiozza e smoccola come un neonato. «Ciàina mi ha detto che sono una checca!» biascica tra i singulti. "No, non è vero" vorrebbe dirgli la professoressa, se solo la lasciassero parlare. "Ciàina ti ha detto che devi scoprire chi sei, come sei, devi conoscere te stesso! Ti ha detto che non devi chiamare le cose col nome sbagliato, seguire l'omologazione, devi essere il protagonista della tua vita, non perché sei il primo della classe, perché sei una persona. Mannaggia, se mi lasciassero parlare..." Mai come in quel momento sente di avere tante cose da dire a quei ragazzi, e non è nemmeno affetta da sindrome di Stoccolma. I suoi sequestratori le stanno facendo venire un gran bisogno di tenerezza.

«Biflo, ascoltami. Non ti ho detto che sei checca, ti ho solo detto che sai un sacco di cose, ma non sai chi sei veramente tu...» «E dice poco...» commenta Seno. «Prof, vero che ho ragione io?» conclude Ciàina. La Perussini scuote in cenno affermativo l'unica cosa che può muovere, la testa.

«E invece è checca, ve lo dico io, checchissima!» Tutti si voltano a guardare Ucciucci che, paonazzo, dal fondo della classe sembra voler esplodere. «O ve lo dico perché io lo sono... non so lui... io sí». Scoppia in un pianto quasi liberatorio.

«Ma cosa ci sta succedendo? – chiede Seno. – Siamo impazziti tutti?» Forse sí. La tensione, quasi quattro ore costretti a condividere quanto non si è fatto complessivamente in tre anni, hanno un effetto tsunami sulla classe. Ed è Bru, la brutta Bru, quella dal punto nero sul naso e la faccia erosa dall'acne, quella che dopo l'outing del compagno vorrebbe morire per amore, che riprende in mano la situazione. «Io credo che adesso abbiamo tutti bisogno di tornare sulla terra. Professoressa, se la libero, mi promette che non parlerà con la preside e la polizia di quanto è successo? In cambio, da domani tutti noi saremo in classe alle otto precise, senza giustificazioni e pronti ad essere interrogati». Guz, Pig, Bis e Firma guardano supplici i compagni, sperando che qualcuno intervenga, in nome e per conto loro, a bloccare una promessa difficile da mantenere. Nessuno fiata. Solo la Perussini annuisce. E Bru le slega le gambe, le libera le mani e le toglie il bavaglio.

La donna finalmente tira un respiro a pieni polmoni, si massaggia i vari bernoccoli sulla testa, con una mano risistema i capelli, si raddrizza la gonna. «A domani, ragazzi, puntuali alle otto. Tutto Virgilio». Squilla la campanella che segna la fine della quarta ora. La Perussini esce con fierezza da una classe che in tutta la sua vita non aveva conosciuto un silenzio così assoluto.

QUINTA ORA

Ferrosi entra accompagnato da un Guz fischiettante e visibilmente contento. Ha verificato, da dietro le finestre del corridoio, che la Perussini è stata di parola. Quindi niente indagine della preside, niente polizia. La prof è tornata a casa. E adesso bisogna rispettare per forza gli impegni presi.

Ferrosi sale in cattedra. Non avrebbe bisogno di chiedere, basterebbe un'occhiata anche a volo d'uccello per capire. Ma Ferrosi fa parte di quella categoria di adulti che non riescono a immaginare che non sempre i giovani li vogliono, non sempre i giovani sono cosí pazienti da sopportarne la presenza. I giovani comunque sono onesti e mandano segnali. Se poi uno non riesce a cogliere, be', è un problema suo.

Nihi siede sulle ginocchia di Grafo. E già questo dovrebbe essere un indizio interessante. Ucciucci piange, consolato da Bru. Anche il piú cieco essere del mondo vedrebbe in ciò tracce di una rivoluzione epocale. Biflo gira solitario per la classe alla ricerca di una tuta da ginnastica dimenticata che gli restituisca un minimo di decoro.

Canna, Bis, Schizzo, Ciccia, Seno, Pig fanno capannello attorno al banco di Ciàina, ascoltando con attenzione quanto sta bisbigliando la cinese. Cinese che, nel suo nuovo ruolo di leader, si muove con naturale spontaneità. Come vede

Guz entrare, lo convoca con un semplice gesto della mano. E Guz obbedisce senza fiatare. Possibile che Ferrosi non prenda atto che l'extra, la diversa per antonomasia, si sia perfettamente integrata nel gruppo?

Possibile, perché Ferrosi è un professore democratico a partire dal suo ombelico. E talvolta gli ombelichi democratici traggono in inganno. Mentre te lo rimiri, la vita scivola altrove e le tue filosofie non servono piú. Purtroppo l'unica cosa che cattura l'attenzione di Ferrosi è Vale al cellulare con Big Jim e Firma alle prese con lo specchietto e il rimmel. Ossia la normale routine. E quindi, sbatacchiando il registro sulla cattedra per segnalare la sua presenza, se ne esce con un: «Non avete niente da dirmi?» seguito da un: «Vale, spegni subito il cellulare!».

Tutti lo guardano come fosse un alieno. «Stia calmo, prof, – lo tranquillizza Ciccia, – tutto bene. La Perussini è sana e salva a casa. Tutto a posto, abbiamo risistemato tutto noi». «Be', ma almeno raccontatemi cosa è successo...» «Non ora prof, non c'è tempo, abbiamo un problema piú grande da risolvere». «E se io facessi lezione?» Questa volta la classe non lo guarda come fosse un alieno, lo considera un alieno! Ma è impazzito?

«Professor Ferrosi, – dice Ciàina con calma e dolcezza, – ora abbiamo un problema, ossia riuscire a mantenere i patti. Bru ha fatto una promessa a nome di tutti e abbiamo tempo fino a domani per mantenerla. Sennò...»

«Va bene, – conclude Ferrosi, dimostrando che comunque la curiosità non è solo femmina, – mi metto in un angolo e vi ascolto». Certo che è una classe veramente curiosa. La lascia un'ora prima capitanata da Canna e se la ritrova in mano alla cinese e, cosa insospettabile e inaspettata, alla ragazzina che vive di romanzetti d'amore. Non solo. Il pupillo di tutti gli insegnanti gira vestito come una geisha, lo strafottente piange come una bambina, l'autistico fa saltellare sulle ginocchia una Nihi con lo sguardo perso... una Nihi che non si è nemmeno accorta che Ferrosi è in aula!... Mah, pensa Ferrosi, vediamo cosa ne viene fuori, al limite si interviene.

«Bru, tu hai deciso per tutti e hai fatto bene. Però adesso ci spieghi come faremo domani ad essere tutti in grado di farci interrogare in Virgilio?» Vale non va per il sottile. Le fa eco Grafo. «Spiegaci, già che ci sei, anche come faremo ad essere a scuola puntuali alle otto!»

Incredibile! Grande Perussini! È riuscita a incastrarne quindici in un colpo solo! A saperlo, pensa il filosofo, si sarebbe fatto sequestrare anche lui, cosí finalmente sarebbe riuscito a sentire quei cinque o sei senza voto e a chiudere il quadrimestre in bellezza! Altro che democrazia e professore amico dei ragazzi!

«Vale ha ragione. Cosa facciamo?» «Non mi sembra difficile, – Ciàina è quasi piú pragmatica di Ciccia, – studiamo. Ci dividiamo in tre gruppi di cinque, uno capitanato da Biflo, uno da Ciccia e l'ultimo da Seno, quelli che il latino lo sanno. Troviamo tre case vuote e dalle tre fino a sera studiamo». «Dalle tre fino a sera?» Firma simula un mancamento.

Vuota è la casa di Pig. Vuota quella di Ucciucci, visto che la colf filippina non fa testo. «Sí, ma da lui io non ci vado. Non si sa mai». «Bis, sei un infame!» Bru non accetta ragioni o almeno non commenti di questo tipo. Lei lo aiuterà e, comunque, accetterà per amore tutto, anche la diversità. Ora sono finalmente amici. E poi è diversa anche lei, con quel suo corpo sgraziato e infelice. Lei capisce. La terza casa è quella di Ciàina. Mamma, papà, nonni e fratelli di ogni età sono in negozio fino a sera tardi. Basterà dire che per una volta è costretta a studiare a casa e nessuno dirà nulla. Basta sia una volta sola.

Trovati i tre "docenti" e le tre case non resta che formare i gruppi. Operazione solo apparentemente semplice, dal momento che alcune coppie sono inseparabili. Schizzo, oltre ogni evidenza, non riesce a separarsi da Nihi, che necessita di Grafo. Bis senza Canna è perso. Bru rimane vicina a Ucciucci e nessuno vuole farsi carico di Firma e di Vale. Il dibattito è feroce, ma alla fine i gruppi di studio si costituiscono. Se non altro perché Guz, su preghiera di Schizzo, rinuncia al suo ruolo di cavalier servente. «In fondo sei l'unico col motorino che può dare un passaggio a Ciccia, visto che Ucciucci abita fuori mano e tu sei in grado di gestire la forza di gravità delle sue tette!» «Scema!»

Rimane in piedi la questione sveglia. Tutti i ragazzi si scambiano i numeri di cellulare e impostano l'ora. Ognuno ha l'obbligo di telefonare alle sette agli altri e di non mollare fino alla risposta. Prima o poi tutti si sveglieranno!

Insomma, piano perfetto. «Bene, adesso che avete sistemato tutto, – prende la parola Ferrosi, – posso fare lezione. La scorsa settimana eravamo rimasti a...» Mancano dieci minuti alla fine dell'ultima ora. I ragazzi sono sfiniti, con la prospettiva di un pomeriggio di studio matto e disperatissimo. E il professore democratico cosa fa? Spiega Aristotele! «Ma prof!» supplicano i giovani in coro. «Eravamo rimasti alla distinzione tra potenza e atto. E quindi al primo motore, che, come ben sapete, deve sempre essere in atto, non può essere immobile, eterno, immutabile». La voce di Ferrosi sembra svaporare. Qualcuno prende a fatica appunti, altri fingono d'ascoltare. «... e se non è materiale, la sua essenza non potrà consistere in altro che nel suo stesso pensiero. Dio per Aristotele è ciò, pensiero che pensa se stesso».

Suona la campanella e tutti afferrano libri e zaini con grande rumore di banchi e sedie. «Ah sí, ragazzi, mercoledí ho la prima ora. Se non volete che spifferi tutto alla preside vi aspetto puntuali e pronti per essere interrogati». Fregati. E meno male che si spaccia per democratico! Nessuno però ha piú l'energia per controbattere. Solo Biflo, con un filo di voce, fa sentire la sua presenza. «Per piacere, mi aiutate a uscire senza che nessuno mi veda conciato cosí?» Si mettono tutti a scudo. E Canna si fa portavoce dei compagni. «Be', l'hai combinata talmente grossa che come minimo passi a tutti il prossimo compito in classe di latino!» Piccola vendetta, magra consolazione, ma sempre meglio che nulla. Bis non trattiene una battutaccia: «Ucciucci, dagli un passaggio in macchina, magari lo presenti a mamma...». Viene incenerito da Bru con uno sguardo. «Sí, gli darà un passaggio in macchina, ma basta con le battute sceme».

Sono finalmente fuori. Accompagnato Biflo fino alla macchina dell'imprenditrice, spiegato che è agghindato cosí per via di una scommessa persa, tutti sciamano veloci verso casa. Tutti? No, non tutti. Grafo e Nihi si scambiano il primo dei tanti baci che coroneranno la loro vita futura. Lungo e appassionato. Cosí appassionato che anche la signora Maria, nel chiudere il portone, si sente in dovere di descriverlo alla collega ipovedente. «Nives, è nato un altro amore». «Lo sapevo io che oggi stava succedendo qualcosa in terza B. Il fiuto non mi ha mai ingannata!»

Schizzo s'infila gli auricolari e mette a tutto volume gli Startrashsound. Giornata da schifo, sa d'aver perso un'amica.

Valli a capire i giovani! A passo lento si avvia. Le sta venendo da piangere, ma non è da lei. Si ferma al bar a mangiare un tramezzino. Tanto a casa comunque non c'è nessuno, solo quel piatto da riscaldare che mamma le lascia prima di andare al lavoro.

Un'amica è piú di tutto. C'è Guz, ma non è la stessa cosa. Nihi conosce ogni segreto di Schizzo, con lei non c'è nemmeno bisogno di parlare, ci si capisce al volo. Due vite parallele, stesso sentire, stessi problemi, stessi gusti. Schizzo lo sa. Nihi starà sempre di piú col suo Grafo. Le telefonerà, certo, usciranno ancora assieme, ma nulla sarà come prima. E, se e quando finirà con Grafo, saranno diverse e forse non si ritroveranno piú. Guarda il braccialetto, regalo di compleanno di Nihi. Ogni ciondolo ha un significato preciso, ricorda una risata, un vissuto comune, che sanno solo loro due. Ci ha messo un mese per farlo e gliel'ha consegnato in una scatola immensa ricoperta di loro fotografie. Smorfie, facce buffe, Schizzo che beve la sua prima birra, Nihi vestita da vamp. Amen. Anche le donne tradiscono.

Schizzo vorrebbe piangere ma non ce la fa. Sua mamma piange anche per lei da una vita, lei odia la gente che piange. E anche quella che fa piangere. Si concentra sulla musica per scacciare il dolore, mangiucchia il tramezzino, finisce la Coca Cola, esce. C'è il sole, c'è l'aria. Una passeggiata servirà a schiarire le idee prima di affrontare la lezione di Seno a casa di Pig. Coi due colombi che le tuberanno in faccia!

La Perussini ha sempre pensato che in famiglia ci devono essere almeno un medico e un avvocato. Non si sa mai.

Suo padre era avvocato, ma nel suo caso ora serve di piú un medico. Non ha voglia di raccontare nulla ai figli, c'è il rischio che lo facciano sapere in giro, ma ovviamente col marito non tace. «Be', rilassati, non hai niente che non passi con un tranquillante e una bella dormita. Piuttosto, cosa pensi di fare?» «Coi ragazzi? Non lo so. È successo sicuramente per caso, non era premeditato, ma non possono passarla liscia. La preside non avrebbe chiamato la polizia, ne va del buon nome del liceo, ma sicuramente una sospensione non gliela toglieva nessuno. E loro devono imparare!» Ci pensa un attimo poi, infilandosi a letto, bofonchia: «Non so, vedremo. Se sul serio domani entrano tutti puntuali e preparati in latino... Ci penserò, ma nulla comunque sarà piú come prima, lo posso garantire».

«Cos'è successo a scuola oggi. Sei stravolto». La mamma di Ucciucci sa tutto, vede tutto, nulla le sfugge. «Niente, mamma, niente». «Qualcosa è successo se questo tuo compagno è vestito in quel modo ridicolo». «Le abbiamo già detto, signora, una scommessa...» Non lo lascia finire, tanto sa già. «Dove ti scarico?» La signora Ucciucci ha modi sbrigativi, non ha mai tempo da perdere. «Se può proprio davanti al portone, grazie». Biflo è terrorizzato. Qualcuno in condominio potrebbe vederlo e poi raccontare. O potrebbe vederlo la mamma. E invece va tutto bene, scivola in ascensore, s'infila in casa e si chiude in bagno senza incontrare nessuno. È finita. Può finalmente tornare ad essere il bravo ragazzo, ben vestito e educato, il primo della classe. O forse no. Lui sa che non è cosí e se anche nessuno dovesse mai venire a conoscenza della vicenda, lui non può far finta che nulla sia successo. Con se stesso no, ma con la mamma sí. E con appetito bestiale si avventa come di consueto sulla pastasciutta, poi sulla bistecca, sulle verdure e sulla frutta. «Oggi vado a studiare da una mia compagna cinese, – comunica ruminando alla madre, – vengono anche Canna, Bis e Firma. Devo prepararli in latino». È la prima volta che è invitato da qualche parte, era ora che cominciasse a socializzare, pensa tra sé la mamma. «Ti accompagno, ti vengo a prendere, a che ora?» «Lascia stare, faccio da solo». Eh, crescono, i figli crescono e bisogna saper accettare per amore anche questo. «Va bene, ma stai attento quando attraversi, passa sulle strisce... e non mangiare roba cinese, potresti essere allergico».

Nel frattempo la signora Ucciucci apre col telecomando il cancello della megavilla. «Non capisco perché tu debba portare qui quattro persone che non conosco. Prima dovrebbero telefonare i genitori e poi, eventualmente... Spero che tu ti renda conto che la gente ti frequenta per interesse, perché hai la piscina... E comunque, mi raccomando, nessun assalto all'arma bianca al frigo. Una bottiglia di Coca Cola e un pacco di biscotti, niente di piú. Chi sono questi, cosa fanno i genitori?» E cosa vuoi che ne sappia Ucciucci di cosa fanno i genitori di Guz, Bru, Ciccia e Vale! «Lavorano». «Be', almeno questo!»

Ma quanto odia sua madre? Ma si può odiare cosí tanto una persona? L'unica fortuna è che è sempre via. Lo dice anche il marito, quello strano signore che l'accompagna da anni con infinita pazienza. Com'è che si chiama quell'uomo? Ah sí, papà.

Ferrosi è molto, ma molto perplesso. È infastidito dal fatto che per una volta nessuno, nemmeno Nihi, abbia riconosciuto la sua maschia figura di pedagogo. È ancora piú arrabbiato perché s'è accodato alla Perussini. È preoccupato perché, essendo a conoscenza dei fatti, ha taciuto e teme ricatti. E soprattutto è agitato perché a sera uscirà con la Sabini. Finalmente. La Sabini è proprio una gran bella donna. Anzi, bella gnocca. Insomma, se non lo si dice in pubblico lo si può pensare, senza sembrare per forza un maschilista! Il problema però è sempre lo stesso, l'argomento iniziale. Di solito, dopo quattro chiacchiere sul lavoro, si scivola lievi sulla scrittura, salvo affondare l'avversaria con la prospettiva della poesia. Nessuna ha mai resistito al fascino del poeta. Il guaio è che in questo caso le quattro chiacchiere sul lavoro potrebbero essere molte di piú, che la Sabini potrebbe concentrare la sua attenzione sul sequestro e in tal caso ritornare alla poesia, anche per un retore esperto come Ferrosi, potrebbe risultare difficile. Lui non lascia mai nulla al caso, ma in questo (caso) sente di non potersi fidare della sua decennale esperienza di latin lover.

Cerca nervosamente il vestito piú adatto, risistema la barba, scompiglia i capelli. Deve avere l'aria di uno che ha sofferto, ma che è riuscito ad essere all'altezza della situazione. Anzi, farà di piú. I fatti della mattinata l'hanno talmente sconvolto da indurlo a cercare conforto nell'unica cosa al mondo che riesce a consolarlo, la poesia. Moleskine nero e penna stilografica alla mano, stila alcuni versi destinati a restare memorabili nella storia della letteratura.

"Io vivere vorrei addormentato entro il dolce rumore della vita". Sí, va bene, sono versi di Sandro Penna, se non lo sa lui! "Laggiú, dove una storia personale nel sole, mi parve un superiore giuoco di dadi... oggi una vacca senza storia annusa la terra nera un po' fumante, chiusa tra i filamenti della pioggia, radi ma certi fili della memoria". Ma chi se ne frega di copiare, tanto la Sabini insegna matematica.

"Felice chi è diverso essendo egli diverso. Ma guai a chi è diverso essendo egli comune. Il viaggiatore insonne, se il treno si è fermato un attimo in attesa di riprendere il fiato, ha sentito il sospiro di quel buio paese in un accordo breve..." Qui ci vuole una pausa. Intanto per capire se lei conosce Penna e ha mangiato la foglia. Poi perché l'accordo breve richiede una pausa di sofferenza.

"La vita... è ricordarsi di un risveglio triste in un treno all'alba: aver veduto fuori la luce incerta: aver sentito nel corpo rotto la malinconia vergine e aspra dell'aria pungente. Ma ricordarsi la liberazione improvvisa è piú dolce: a me vicino un marinaio giovane: l'azzurro e il bianco della sua divisa, e fuori un mare tutto fresco di colore".* Ecco, finita. A questo punto si può anche fare la cronaca della giornata, se non altro per smorzare la tensione.

Ferrosi legge e rilegge, interpreta. Se tutto va come pensa, se la Sabini è la tipica insegnante di matematica che a fine carriera diventa vicepreside perché sa fare i conti, se ha un briciolo di fortuna la sua vita non sarà piú la stessa. Anche i professori di filosofia in fondo sognano una famiglia! O almeno l'essenziale che serve per cominciare a farla!

E se lei interpreta male la figura del marinaio? Taglia "marinaio", modifica con "una giovane", taglia "divisa" mette "occhi". Meglio, molto meglio: la Sabini ha due splendidi occhi azzurri, uno spunto in piú per entrare in confidenza. "Ma ricordarsi la liberazione improvvisa è piú dolce: a me vicino una giovane: l'azzurro e il bianco dei suoi occhi e fuori un mare tutto fresco di colore". Perfetto. That's amore!

* Le poesie di Sandro Penna sono tratte da *Poesie* (Garzanti, Milano 1993).

TUTTI A CASA

Ciàina abita in un condominio pieno di cinesi. La sua famiglia è stata tra le prime a trasferirsi in Italia e ad aprire un'attività. Via via sono arrivati gli altri, piú o meno tutti dalla stessa area. Lei in Cina c'è stata due volte in tutta la sua vita e, se anche parla cinese correttamente, le pare un paese di fantasia. Non che non le piaccia, ma la sua vita non è là. In fondo solo suo padre e la nonna faticano ad ambientarsi. Lei, la mamma, i suoi fratelli sono completamente italiani. La mamma sogna addirittura di comprare una casa in una zona "China free", lontana dai negozi, dai ristoranti e da tutti gli altri membri della comunità. Lontana dal ghetto. Per il momento è impossibile, visto che una stanza è adibita a magazzino e che, col quinto figlio in arrivo, un mutuo e un trasloco sono impensabili.

Ciàina si è sempre chiesta come sarebbe stata la sua vita se non fossero partiti. Forse sarebbe rimasta figlia unica, legata alle tradizioni che la nonna e il nonno pretendono vengano rispettate anche nel nuovo paese. Lei è contenta di non essere figlia unica. Ha fatto da vicemamma a tutti, sorella e fratelli, si prepara ad accudire il prossimo arrivo, sperando sia femmina. Bada ai figli degli altri, si occupa dei cugini che stanno al piano di sotto, la sua vita è costellata di bambini. A sera le famiglie si ritrovano. È un condominio allegro, pieno di voci, con le varie televisioni satellitari a fare da sottofondo. L'unica che protesta è la vecchia del piano terra, che rivorrebbe il suo condominio di un tempo col ferroviere, il postino, la sarta, il ragioniere. Qualcuno ha venduto, qualcuno è morto, e lentamente la casa ha cambiato affittuari e con loro aspetto. Rimane solo la vecchia del piano terra coi suoi sei gatti, che di giorno è l'unica proprietaria dello stabile. Tutti lavorano. A casa si torna solo la sera, anche la domenica. Ciàina studia in negozio, tra le pile di pantaloni, le magliette e le borse. Ma oggi no. Oggi riceve.

Controlla che tutto sia in ordine, che non ci siano giocattoli dei fratelli sparsi sul pavimento, che i fiori in salotto siano disposti con cura. È emozionata e per molti versi felice. È la prima volta che i suoi compagni di scuola vedranno la sua casa, e per lei la sua casa, come la sua famiglia, è un po' come la sua anima. Pulita e ordinata. Pettina anche Zippo, il bastardino trovato in cortile. Poi si veste con cura e si trucca. Appena un po'. Apparecchia per gli ospiti: Coca Cola, acqua minerale, birra tedesca e cinese, merendine varie, di quelle del supermercato, e, magia della nonna, spiedini di frutta caramellati. Tutto su vassoi bianchi e azzurri. Predispone anche il tè, magari qualcuno lo vuole. E quindi i biscotti. Cosa manca? Niente. Un cesto di frutta fresca, non si sa mai. Cosa manca? Solo mezz'ora alle tre.

Pig vive in una deliziosa villetta a schiera, di quelle tutte uguali, cinque o cinquanta non importa. Suo padre, tornato un po' brillo da una serata con amici, aveva forzato la porta dei vicini cercando di convincerli a tornarsene a casa loro. Fu uno scandalo. A fianco corre la ferrovia e c'è pure un deposito merci. Ma nel complesso ci si sta bene. C'è un ciuffo di giardino dove fare d'estate le grigliate, c'è un piccolo spazio per l'orto. Pig ha la sua camera, coi manifesti della Juve, il computer e l'hi-fi. La playstation è in salotto. E la fermata dell'autobus è a pochi metri. Insomma, perfetta. Mamma ha lasciato una torta e aranciata. Ma il freezer è pieno di hamburger e patatine fritte, il ketchup non manca e Pig è un esperto di cucina giovanile. McDonald gli fa un baffo! Scongela la carne per tutti, affetta i cetriolini, tagliuzza la cipolla e dispone il tutto in piccole scodelle. Magari alle ragazze la cipolla e i cetriolini non piacciono. Lui ne va matto, ma sai tu cosa pensano le donne? Tira fuori da sotto il letto la sua personale cassa di birra, quella che conserva coperta dal piumone a forma di orsacchiotto di quando era piccolo. E già che c'è si mette in tasca la scatoletta magica, quella con fumo e cartine. Anzi, già che c'è si rolla un cannone. Tanto manca mezz'ora e tutto è pronto!

Ucciucci è generosamente ospitato in una sontuosa villa alla periferia della città. Tutto è meccanizzato, dall'allarme all'acqua per bagnare il prato. Se apri la porta del guardaroba si accende la luce, mentre un sensore aziona l'illuminazione di ogni stanza. Entri ed esci senza bisogno di fare la fatica di pigiare un interruttore, su precisi parametri di luminosità. La piscina è riscaldata e autopulente. Però d'inverno ti devi accontentare dell'idromassaggio. Il frigo scarica automaticamente il ghiaccio. Unica cosa esistente, perché a casa di Ucciucci si sta attenti agli sprechi e alla salute. Per pranzo lui e la filippina si sono sbafati un bel piatto di patate lesse, ma biologiche, con lo yogurt. A cena li aspetta una bella pasta al burro o un minestrone. Sempre che non ci siano ospiti. In tal caso è grasso che cola!

La mamma ha insegnato alla filippina, meglio nota come Filippa, un sacco di ricette esotiche a base di prodotti a basso costo e massimo rendimento. Con del pane vecchio si fanno ottime zuppe di legumi, che poi sono praticamente, quanto a valore nutritivo, identici a carne e pesce. È nota per i suoi buffet alternativi. Niente costosi salmoni, niente prosciutto, ma tanto buon riso in varie fogge e patate a volontà. Qualche volta anche del tacchino. In crosta di pane è buono come il filetto e non si nota la differenza. Cosí Ucciucci è terrorizzato all'idea d'invitare gli amici, a meno che non arrivino autonomamente riforniti di vettovaglie e generi di prima necessità. In cantina ci sarebbe anche del vino – quello che papà va a comprare da un contadino che lo vende sfuso a prezzi irrisori –, ma non osa scaraffarlo, se non altro perché ogni volta che ne assaggia un goccio gli viene mal di testa. «Filippa, – si confida con la colf, – cosa offriamo ai miei amici?» Filippa è una buona donna, generosa. «Faccio io le patatine fritte e gli involtini primavera. Non preoccuparti. E da bere tè e sangria. C'è ancora qualche frutto in giardino, non se ne accorgeranno se li raccogliamo!» Ma sí! Tanto manca ancora mezz'ora, c'è tutto il tempo per organizzare.

Suona il citofono. «Canna e Bis, che piano?» Zippo abbaia e Ciàina tenta di tenerlo calmo. «Glande plovelbio cinese: can che abbaia non è ancola cotto». Bis è noto per le sue spiritosaggini, magari non è sempre apprezzato, ma fatica a trattenersi. Ciàina li accompagna in soggiorno. È imbarazzata. L'unica cosa che riesce a dire è: «Per favore si fuma solo in terrazza». Un'ovvietà. Siccome i giovani d'oggi, in virtú delle campagne contro il tabacco, sanno benissimo che fumare fa malissimo, non fumano mai in casa, dove potrebbe ristagnare l'odore del tabacco. Chi ha il balcone lo fa lí, gli altri sul davanzale della finestra, anche se al decimo piano. I bagni delle scuole sono l'unico posto al coperto in cui concedersi una salutare intossicazione.

Arriva anche Biflo. Ha una scatola di cioccolatini comprata al bar sotto casa. Sono degli orridi boeri al rum. Il barista era tentato di non venderglieli, dal momento che stazionavano sullo scaffale dal giorno dell'inaugurazione del locale e in fondo in fondo facevano ormai parte dell'arredo, ma Biflo ha insistito. «Sono per una mia amica». Crescono, ha pensato l'uomo, li conosci bambini cicciottelli e ora. Certo che cicciottello è rimasto, chissà chi sarà la sfigata di cui s'è innamorato. Tanto vale vendergli i boeri, magari lei capisce e se ne trova un altro. E poi, mica capitano spesso certe occasioni!

L'ultima, come al solito, è Firma. Si comincia. Biflo tira fuori il testo e lo consegna a Ciàina invitandola a leggere. «Arma virumque càno». Noooooooo! «La Perussini vuole la metrica. Arma virumque canò. Ci va l'accento sulla o!» Il suo gruppo sarà il migliore, anche perché lui sa spiegare meglio della Perussini. «Allora, se vi chiama, la prima cosa che dovete chiederle è se vuole che leggiate in metrica. Lei dirà di sí. E ora prendete appunti. Noi oggi mettiamo l'accento sull'arsi d'ogni piede, – detta, scandendo ogni singola parola, – come se il ritmo non dipendesse dall'alternanza delle vocali brevi e lunghe come per i latini, ma dall'accentazione. Se i versi si fondano sulla quantità, alla fine ci contraddiciamo, producendo un ritmo accentuativo! Punto esclamativo». I quattro lo guardano sbigottiti. «Non avete capito? Virgilio scriveva pensando alla lunghezza delle vocali, non agli accenti! Ma adesso brevi e lunghe sono tutt'uno e cosí dobbiamo ricorrere agli accenti.

Uffa, lo sapete che l'italiano deriva dal latino? La stupirete subito con gli effetti speciali, rimettete in discussione la metrica». Dieci anni di scuola e finalmente un compagno di classe ti spiega a che cavolo servono gli accenti, oltre ad essere una vera e propria calamità in caso di erronea assenza o presenza in un compito in classe.

«Sai che sei divertente, Biflo. Fai la rivoluzione col latino. Mi piace, vai avanti». Canna è molto soddisfatto. Il solo pensiero di stupire sul fronte culturale la Perussini lo esalta, spera di venir interrogato per infinocchiarla con la sua cultura. Procedono.

«Troiae qui primus ab oris Italiam, fato profugus». «Canto le armi e l'eroe, che per primo dalle spiagge di Troia, profugo per volere del destino, venne in Italia». Si legge e si traduce. A ogni Troiae o Troia qualcuno infila uno spiedino di frutta caramellata in bocca a Bis per annientare l'ovvia battuta di bassissima lega. Il tempo scorre veloce, Enea diventa Ciàina sbattuta «per terra e per mare a causa della forza degli Dèi e della memore ira di Giunone», le viene persino fatta fondare Roma. Studiano e ridono. Ridono ancora di piú nel vedere Firma divorare con calma l'intero cesto di frutta. «Sic volvere Parcas, cosí volevano le Parche» sentenzia la ragazza. «Io sono parca e la frutta non ingrassa!» Pause birra e sigaretta. E nelle pause i complimenti per la casa.

«Hai una bella casa, Ciàina, non è cinese». Biflo saprà anche il latino, ma la diplomazia sicuramente non è il suo forte. «Cioè, volevo dire che me l'aspettavo diversa una casa cinese, insomma!» Cosa c'è di cinese a casa di Ciàina? Qualcosa in cucina e tante foto appese alle pareti. «Abbiamo comprato tutto nuovo quando siamo arrivati qui. Sai quanto sarebbe costato un trasloco?» Ma poi com'è una casa cinese?

Anche Ciàina ne ha solo vaghissimi ricordi. Se mai dovesse tornare in Cina, avrebbe una casa con la cucina modulare, il divano, la libreria con lo spazio per il televisore, gli armadi quattro stagioni e tante, tante fotografie dell'Italia.

È molto bella Ciàina. Canna la osserva mentre si muove con calma per fare sentire tutti a casa loro. E Zippo si è già affezionato, lo segue ovunque e aspetta paziente ai suoi piedi un pezzo di boero al rum. Chissà se i tatuaggi le interessano. «Ciàina, mi suggerisci un tatuaggio cinese?» La ragazza sorride. «Ci penserò». Si legge e si traduce, si fanno pause. Il tempo vola.

«Firma, vuoi che ti faccia vedere i nuovi arrivi?» In cinque si catapultano nella stanza magazzino. «Per Biflo un pigiamino a fiori!» Firma trova una cintura imperdibile. «Te la regalo». Ciàina è veramente felice. Il suo sorriso è contagioso. «Sembri una principessa» scappa detto a Canna. «Imperatrice, mio caro, imperatrice! Sono cinese». E sono già le sette e mezza. L'appuntamento è per tutti alle otto in pizzeria da Mimmo. Hanno studiato quattro ore e mezza e non se ne sono accorti. Ma quello che è incredibile è che l'appartamento non ha tracce del passaggio di cinque adolescenti. Tutto è in ordine. Solo Zippo, completamente ubriaco per via dei boeri al rum, cerca di uscire col gruppetto e sembra eccessivamente esaltato. «Cane che abbaia...» «Basta, Bis! Fatti un piercing alla lingua!» esplode Canna.

«A proposito, – chiede in atrio Firma, – cosa è l'arsi di ogni piede? A me oggi i piedi fanno male da morire... maledette scarpe col tacco!» Biflo la prende sottobraccio e, come un peripatetico, ricomincia a spiegare. «Speriamo che almeno lei capisca, cosí ce lo spiega anche a noi!» sussurra Bis.

Tutto è musica. Gli 883 hanno invaso la cucina, salgono per le scale, si espandono in giardino fino a raggiungere la fermata dell'autobus. «Come mai, ma chi sarai, per fare questo a me, notti intere ad aspettarti, ad aspettare te». Pig canta a squarciagola. «Dimmi come mai, ma chi sarai, per farmi stare qui, qui seduto in una stanza, pregando per un sí». Cosa sarebbe la sua vita senza gli 883? Solitudine immensa, genitori sempre via, interi pomeriggi e nottate al computer alla ricerca di amici virtuali, meglio se amiche. Ci sono i compagni di una vita – Guz, Schizzo e Nihi –, stesse scuole dalle elementari, ma nessun altro. E allora ci sono gli 883 a tutto volume. «Gli amici se sapessero, che sono proprio io, pensare che credevano, che fossi quasi un Dio!» Ci sono gli 883 e la Juve. Gli tengono compagnia in questo lunghissimo tempo che lo separa dal diventare grande e l'ha costretto e non essere piú bambino.

«Chiudi questa merda!» urla Schizzo da dietro il cancello. «Abbassa, si sente ovunque!» «Non vuoi gli 883? Allora Ligabue...» Ride, lui e Schizzo litigano da sempre in fatto di musica. Però alla fine lei deve riconoscere che senza Pig non avrebbe mai scoperto i suoi adorati Startrashsound. «E poi all'improvviso, sei arrivata tu, – canta Pig aprendo il cancello, – non so chi l'ha deciso, m'hai preso sempre piú...»

La ragazza, entra in casa, sprofonda nel divano, si apre una birra, arraffa una manciata di cetriolini, delle cipolle, spruzza generosamente col ketchup le patate fritte e sentenzia: «Voglio morire». «... la quotidiana guerra con la razionalità, vada bene pur che serva per farmi uscire...» Pig smette di cantare e abbassa il volume. «Problemi, baby?» Sí. «Nihi e Grafo. Un'amica che scompare è peggio della fine di un amore. Pig, passami l'hamburger... ancora ketchup, grazie».

Dall'autobus scendono gli ultimi due arrivati, Seno e un incrocio umano a due teste definibile come Granifohi o Nigrahifo. Prima di andare a ricevere gli ospiti, Pig si sente in dovere di canticchiare: «Le notti non finiscono all'alba nella via, le porto a casa insieme a me, ne faccio melodia...». Se Schizzo ascoltasse un po' di 883 non sarebbe cosí depressa, ne è sicuro!

Seno non conosce i mitici hamburger di Pig. «A stomaco vuoto non può studiare nessuno, per cui accomodatevi». «Però cerchiamo di non darci troppo dentro con la birra» raccomanda Seno, aprendo la sua lattina. L'amore non ha intaccato il fiero appetito di Grafo e nemmeno quello di Nihi, la disperazione non ha portato Schizzo all'anoressia e gli hamburger di Pig a Seno piacciono molto, anche col cetriolino.

Si comincia. «Arma virumque cano... canto le armi e l'eroe... Ragazzi, ma che ce ne frega di questo eroe troiano, di questo Enea, travagliato da mille sofferenze, che approda nel Lazio, a fare che? Roma?» L'esordio di Seno non è propriamente da dottorato in latino. «E invece no, ce ne deve fregare. In primo luogo per l'impegno preso con la Perussini, e poi perché questo Virgilio, la sua malinconia e la sua umanità in qualche modo sono anche la nostra malinconia e la nostra umanità. Quindi diamoci dentro. Io leggo e traduco, voi prendete appunti e poi ripassiamo. Ma soprattutto cerchiamo di capire il senso di quel che traduciamo. Virgilio mette in rilievo in questo proemio la figura del poeta che canta le gesta degli eroi...» «Ma che... crede d'essere gli 883?» «Bravo Pig, hai capito il senso».

È la prima volta nella sua vita di non studioso che Pig afferra con tanta facilità un concetto. «Il tema fondamentale del brano è il destino...» «Ecco, appunto. "Dimmi come mai, ma chi sarai, per farmi stare qui..." Forte questo latino!» Pig è entusiasta, peccato che Seno non sia una prof. Forte però questa ragazza. «Partiamo dalla protasi e arriviamo al verso 7...»

Il tempo scorre (come la birra). Pig dimostra di essere il piú interessato, al punto da lanciarsi in una dissertazione dotta sul finale di quello che definisce "proprio un romanzo divertente". Secondo lui invece di duellare con Turno, Enea avrebbe potuto affrontare un'impari lotta con un computer di ultima generazione soccombendo ai primi colpi. Che buffone!

Ma certo, lui è sempre stato una specie di fratellino minore e buffo di Schizzo e Nihi. È sempre riuscito a farle sorridere, perché è un ragazzo generoso e buono. E anche Schizzo sorride, anche se vedere Nihi incollata sulle ginocchia di Grafo la continua a infastidire. «Siete le mie tre Parche, ammazza se siete parche...» commenta liberando la tavola dalle tracce di un luculliano banchetto.

«Sbrighiamoci, l'autobus passa tra dieci minuti». Tutti fuori. Pig prende sottobraccio Seno e, imitando Granifohi o Nigrahifo, le sussurra in un orecchio: «Ma poi mi dici che cavolo è la protasi?». Schizzo s'infila tra i due. «Eh no, mio caro... per oggi mi basta perdere solamente un'amica!» Mentre aspettano l'autobus tutti cantano, diretti da Pig. «Albachiava e tu non me la dai, ce l'hai nuova che cazzo te ne fai...» Non è Vasco Rossi, anche se la musica è la stessa! E a lui piace Vasco quasi come gli 883.

Mentre l'autobus chiude le porte, gli occhi di Grafo cadono sul deposito ferroviario pieno di vagoni. Ma non prova nessuna emozione e si stringe a Nihi.

Filippa accoglie gli ospiti con involtini primavera filippini e sangria. «Servitevi pure, tra poco arrivano anche le patatine fritte!» Sorride per questa pacifica invasione di ragazzi, ma Filippa sorride sempre. "Chissà come sorridono gli orientali quando sono arrabbiati?" s'era sempre chiesto Ucciucci.

È imbarazzato. «Vi chiedo scusa per questa mattina, ho sclerato, ma ero talmente teso!» «Mi ha detto Vale che sei gay» esordisce nel suo stile tipico (aplomb yankee) Big Jim – convitato di pietra, trascinato a forza dall'amato bene vuoi per amore e vuoi perché munito di motorino. Bru scatta come una vipera. «Vale, di' a quell'essere di stare zitto!» «Bru, sta' tranquilla, mi chiami pure come vuole. Tanto il mio problema non è in un nome. In fondo Ucciucci, quanto a nome, se ci pensi è ben peggio...»

Ciccia apre subito il libro. Lei è pratica. «Arma virumque cano...» Ciccia legge e traduce, traduce e legge. Tutti prendono appunti, tranne Big Jim che mangia. «Musa, mihi causas memora... O musa, ricordami le cause...»

Questa volta è Guz a sclerare. «Scusate, ma perché dobbiamo tradurre in una lingua che non parliamo? Cioè, volevo dire che mi pare che stiamo traducendo da una lingua morta in una lingua che non esiste!»

Big Jim applaude: lui non studia latino, ma tanto non ha capito nemmeno cosa vuol dire quella roba in italiano! «Già, non so perché si debba studiare, – bofonchia a bocca piena, – spiegatemi però chi cavolo ve lo fa fare di leggere 'sta roba. Che palle! Io resto a scuola finché mio fratello non ha abbastanza soldi. Poi apriamo l'officina, diventiamo ricchi e col cavolo che vi assumiamo. Sai che ce ne facciamo del vostro latino?» Vale lo incenerisce con lo sguardo. «Scusatelo, è scemo».

Non serve. Parte una discussione infuocata. Dal senso dello studio del latino, passando per l'italiano e per i progetti di vita futuri, si arriva, senza sapere come, a commentare l'uso del soprannome. Percorso tortuoso, voci che cercano di sopraffarsi, nessuno modera, tutti parlano. E sono increduli anche loro. Discutono. Per la prima volta in tre anni discutono.

«È quello che non facciamo mai. Non ci conosciamo, non ci frequentiamo, ci passiamo solo vicino. E pensiamo di essere gli unici a star male, a sentirci diversi». Bru è un fiume in piena. «Ma io di voi non so nulla e voi di me non sapete nulla. Ucciucci è un brutto soprannome? E Bru, allora?» «Perché, Ciccia invece? Pensi che sia felice di sentirmi ricordare ogni volta che ho quest'ingombro davanti?»

Guz cerca di stemperare la tensione sostenendo che comunque in motorino quello che Ciccia chiama ingombro era solo una piacevole e avvolgente carezza alla schiena. «Bene. E allora diteci come volete essere chiamati. Da oggi comincia un'altra vita!» propone Guz.

Ciccia non ha dubbi. «Razio, voglio diventare Razio, da razionalità».

Ucciucci vuole anche lui il suo nuovo soprannome, ma non sa cosa scegliere. La discussione si fa feroce. Scartate all'unanimità le "spiritose" proposte di Big Jim (checca, recchia ecc.) si fa avanti l'ipotesi di rinominarlo Outing. Piace a tutti, a lui per primo. Un riconoscimento.

«E io? Per piacere, trovate qualcosa anche per me». In pochi minuti Bru si trasforma in Papillon. «Il bruco che diventa farfalla, ti piace?» le chiede Outing-Ucciucci. Le piace, è una scommessa sul futuro. E poi l'ha scelto lui, ricambiando in un certo senso la solidarietà.

«Io il mio Guz me lo tengo, mi ricorda la vecchia Guzzi che papà conserva in cantina. E tu Vale?» Lei resta Vale, anche se la macchinetta del cambiamento s'è messa in moto ed è pronta per scattare. «Nomen omen. Vale è e Vale resta! E vedrete che vi dimostrerò che valgo!»

Si organizzano per lasciare la villa. Filippa li accompagna alla porta sorridendo. «Ma sorride sempre?» chiede quasi preoccupata Bru-Papillon. «Sí. Anche se non penso ne abbia motivo» confessa Ucciucci-Outing. «Ha lasciato in Asia i suoi figli, adesso considera me come un figlio...» «Fa lezioni di sorriso?» chiede Papillon illuminandosi. «Sai che quando sorridi sei piú carina?» risponde Outing.

Partono. Guz con Razio e Big Jim con Vale in motorino. Outing chiama un taxi per accompagnare Papillon. Tutti in pizzeria per ritrovare gli altri.

«E se cambiassi soprannome anch'io?» chiede Big Jim a Vale, prima di mettere in moto. «Ottimo. Stronzo non ti starebbe niente male! Lo indossi con classe».

UNA PIZZA E VIA

La pizzeria da Mimmo è nota tra i ragazzi come "La Bufala". Al sabato sera si va a "La Bufala" per una serie di motivi. Il primo è che Mimmo fa anche credito. Il secondo è che ha varie salette dove ognuno può fare casino senza confondere i gruppi. Il terzo è che la birra alla spina costa un po' meno e che la margherita è grandissima (pasta sottile). Non esiste un quarto motivo, non fosse che, quando cominci a frequentare un locale, è poi difficile cambiare.

Il soprannome "La Bufala" affonda le sue radici nel giorno del sedicesimo compleanno di Pig, quando lui ordinò per tutti margherita con mozzarella di bufala e Mimmo rifilò la solita mozzarella gommosa. Da allora Mimmo si beccò quell'epiteto (e la mamma di Pig pagò, dopo rissa, il giusto).

Arrivano a gruppi. Sono passate dodici ore dall'inizio di una giornata sicuramente impegnativa, ma sono tutti ancora adrenalinici.

Sulla porta è tutto un inviare sms alle famiglie per avvisare l'assenza per cena. Solo la mamma di Seno risponde protestando. Pretendeva di essere avvisata in anticipo. «Tanto anche se l'avverti se ne dimentica... è proprio fuori di testa!» Prendono possesso della loro saletta. Per Biflo e Ciàina è una novità. Firma c'è andata una volta, giurando di non rimetterci piú piede. Canna e Bis strizzano l'occhio a Mimmo, lasciandogli capire che un po' di birra in piú – da dividere alla romana anche con gli astemi – è sempre gradita.

La saletta è accogliente come tutte le sale delle vere pizzerie. Ottime fotografie di lagune veneziane, una crosta a olio su Napoli e il Vesuvio e l'immancabile quadro astratto optical argentato. Tovaglie a quadroni bianchi e rossi con vasetto di fiori secchi sul tavolo, sedie impagliate stile Sud Tirolo. Il frigo coi gelati (tartufo o bianco o nero) da un lato, la cantinetta col limoncello e la vodka dall'altro. All'ingresso il manifesto del Napoli con una vecchia foto autografata e sbiadita di Maradona da giovane. Nella sala vip, però, oltre al calendario dei Carabinieri c'è anche un manifesto del Milan. Mimmo è napoletano di nascita, ma milanista di cuore. Pig non lo regge per questo e, quando serve (ossia ogni due sere), si fa portare la pizza da Aniello, juventino di fede certa, pizzeria Il Vesuvio.

L'autobus scarica tre ragazzi alquanto allegri a pochi metri dalla pizzeria. Capeggiati da Seno, che coordina il branco, ci sono Granifohi o Nigrahifo – un unico magma umano ormai indistricabile – e Schipizzog, due allucinati sedicenni che imitano e sbeffeggiano l'amore in presenza del medesimo. Seno si scusa per l'esistenza dei summenzionati accompagnatori e cerca d'aggiornarsi sui progressi dell'altro gruppo.

«Se Firma non parla di piedi arsi, ma dell'arsi di ogni piede e la Perussini non approfondisce siamo a cavallo!» Biflo è molto soddisfatto del suo gruppetto, come del resto Seno. «Spero solo che Pig traducendo canto...» Non fa in tempo a finire che Pig si esibisce: «Amici, solo per voi, oggi non canto "Voglio una vita spericolata", ma... Arma virumque canooooò!» «Titire tu patulaeeeeeeeee» fa eco

Schizzo. Con Canna e Bis improvvisano un quartetto accompagnati dal ritmo di forchette e bicchieri, battiti di mani e ritmo dei piedi. La jam session pare riuscitissima, tanto che Ciàina propone di farne dei cd da vendere nel suo negozio. «E in copertina ci mettiamo la foto che ho fatto a Biflo in pigiama col mio telefonino!» annuncia Firma. Inutile dire che tutti si prenotano per averla. Pig va oltre. «Io la metto su YouTube! Saremo famosi».

Le urla che provengono dalla strada bloccano per un attimo ogni sogno di gloria. È Vale che sta mandando a quel paese Big Jim. Si percepiscono appena alcuni epiteti poco simpatici, tipo: «Ma vaff... stro... non farti piú vedere, co...». Per fortuna Vale entra quasi subito. È sola e sorride. «E adesso, lo giuro, col prossimo ci vediamo una volta per settimana. Libera me, liberi tutti! Aria, abbiamo bisogno di aria». Giornata veramente straordinaria.

Guz presenta la new entry. «Ecco a voi Razio. Le altre due novità arriveranno in taxi: Outing e Papillon. E mi raccomando, ricordatevi che Ciccia, Ucciucci e Bru non esistono piú». La novità diverte tutti. Chiedono ragguagli. «Ciccia non fa per me, valorizza solo il fisico e non la mente» comunica, appoggiando la sua quinta misura sul tavolo. «E oggi vi ho dimostrato quanto sia importante la mia razionalità».

Con l'arrivo di Outing e Papillon, Mimmo può finalmente cominciare con le ordinazioni. Birra e Coca Cola e quindici «di quelle tue fantastiche pizze margherita con la mozzarella plastificata». «Ma fa' con comodo, – suggerisce Guz, – questa sera non abbiamo proprio fretta». Strizza l'occhio ai compagni, indicando con la testa la coppietta che sta dirigendosi verso la saletta dei vip, quella con il vero caminetto, i tavolini da due, un nudo alle pareti e i fiori freschi nel vaso di Murano.

Lui l'ha aiutata a sfilarsi il cappotto e con galanteria l'ha appeso sulle corna di cervo che fungono da attaccapanni. Poi, sfiorandola appena per il gomito, l'ha diretta verso la sala vip. «Un tavolo per due a nome Ferrosi, ho prenotato oggi pomeriggio».

Prenotare da Mimmo è praticamente inutile. Campa vendendo le pizze a quelli del quartiere che rientrano tardi e non hanno voglia di cucinare. Ogni tanto c'è una festa di compleanno con mocciosi che si divertono a impiastricciarsi con mozzarella e aranciata, al sabato gruppi di ragazzi che non intendono essere i primi a entrare in discoteca. Sono finiti i bei tempi della leva obbligatoria, quando il suo forno rimpinzava intere generazioni di soldati della vicina caserma! Ora anche i pizzaioli sbarcano il lunario, con pizze sempre piú sottili, sempre meno condite e sempre piú care.

Ferrosi ha classe. È uomo di mondo oltre che filosofo. Sposta la sedia e fa accomodare la Sabini, chiama Mimmo per le ordinazioni. «Vuoi birra o vino? Bianco o rosso? Acqua minerale gasata o naturale?» «Vino, ma poco, mi dà alla testa. Bianco. E mezza minerale naturale». «Mimmo, portaci un traminer, quello tuo buono». Mimmo consegna i due menu rilegati in sky con tre pagine di pizze e calzoni dai nomi esotici. Da vero esperto che non bada a spese, Ferrosi scarta la pizza kebab (fatta con resti di macinata) e la pizza Universo (pomodoro, mozzarella, funghi, carciofi, acciughe, prosciutto e altri ingredienti a sorpresa, dipende dagli avanzi) e suggerisce una margherita con bufala. «Per me con molto origano». «Per me piccola, però» aggiunge la Sabini. Appare una caraffa (con vino della casa che di volta in volta può essere tocai, traminer, sauvignon, a seconda delle richieste del cliente) e, con un piccolo brindisi, i due cominciano a confabulare.

Dalla posizione di Guz è possibile vedere lui che racconta. Si muove con calma, simula azioni, non tace. Tutti si accalcano per guardare.

«... quando ho scoperto che i ragazzi stavano tenendo in ostaggio la Perussini, mi sono imposto. "Voglio vedervi crescere" ho detto, "dovete riflettere". Per fortuna hanno ben introiettato Platone, cosí è stato facile convincerli a trovare una strada non violenta». La Sabini lo ascolta in estasi. Insegna da pochi anni e per giunta matematica, materia che non lascia – almeno nel programma – spazio all'umanità. Ferrosi invece può entrare nell'anima e nella mente dei ragazzi e condurre fino in fondo quella che ogni insegnante ritiene la mission impossible, educare. «Sai, in questo quadrimestre li ho formati bene. Abbiamo imparato a valutare assieme ogni singola circostanza e le azioni e i pensieri che l'accompagnano. Cosí, quando si è trattato di decidere, ho posto un aut aut... ma che per loro era un out out, all'inglese». Ride della finezza della sua battuta e la Sabini lo segue, anche se non l'ha capita. A scuola ha studiato francese. «Hai capito? O cosí o fuori! Non vi reggo il moccolo! Hanno ceduto. Certo, ero pronto ad andare a liberare la Perussini e dire alla preside cosa fare, ma prima dovevo dare un segnale di fiducia, un input... ottima questa pizza, vero? ... insomma, volevo vederli agire e metterli alla prova». «Sei stato grande, io veramente non so se ce l'avrei fatta». La Sabini è piú che in estasi. E Ferrosi sferra l'attacco finale. «Io credo che la democrazia sia il fondamento della vita. Non l'insegni solo coi libri. La pratichi. Sono riuscito ad essere democratico costringendo gli altri ad esserlo. Senza di me non sarebbero mai arrivati a nulla. Li ho indirizzati e guidati, con fermezza e dolcezza. Domani saranno tutti puntuali a scuola, pronti per farsi interrogare. E dopodomani anche. Ho io la prima ora...» «Giovedí tocca a me! Grazie. Che idea geniale! Mi mancano molte interrogazioni e non sapevo come fare...» Ferrosi, generosamente, sorride. Poi la conversazione s'incanala in un argomento che conosce bene, quello che conosce meglio: se stesso e la sua vita. Dal primo vagito inteso come stupore di un essere in divenire nell'affacciarsi al mondo fino alla tragedia dell'ultimo amore finito per la grettezza di lei, è un dipanarsi di vicende al confronto delle quali *Iliade*, *Odissea* ed *Eneide* sono dei romanzetti per ragazzi. «La mia vita è un'epopea vissuta in silenzio». La Sabini sembra drogata, al punto da non accorgersi che la bufala altro non è che una delle tante bufale di Mimmo. E Ferrosi tira fuori il Moleskine con la poesia. «Oggi ti ho pensata e ti ho dedicato questa poesia...» Legge con voce ferma, ma non senza pathos. «Ma è bellissima! Come devi essere sensibile!»

L'idea che Ferrosi possa baciare la Sabini in pizzeria alla nascosta presenza di quindici testimoni fa sí che il silenzio regni sovrano nella "saletta d'assalto". La postazione di Guz viene occupata a turno, in modo da permettere a tutti da un lato di mangiare, dall'altro di godersi la scena. È Bru ora Papillon ad avere l'onore di segnalare la mano di lui che si protende verso un'ipotetica faccia di lei. Ed è Schizzo che inaugura il via vai verso il bagno che permette di gettare un occhio sui due colombi.

«Ragazzi, chiediamo il conto e andiamo a casa». Ciccia-Razio è sfinita. La giornata è stata non pesante, pesantissima, soprattutto per una che tiene sempre la testa in funzione. In effetti sono stanchi tutti. E alcuni anche preoccupati per la sveglia. Si rassegnano a non vedere fino in fondo il film con Ferrosi e la Sabini. Uscendo, inciampano comunque nella coppia. Lui sta litigando con Mimmo, sostenendo che la bufala non c'era, il traminer era vino sfuso e che quindi i trenta euro di conto, caffè e limoncello incluso, sono un furto.

Scivolano alla chetichella in silenzio nella notte, cercando di non farsi vedere, ma Biflo, il goffo Biflo, saluta educatamente la Sabini. «Buona sera prof» dice con garbo a una che sta spalleggiando con passione un uomo che pretende giustizia in questo mondo d'ingiusti. La Sabini si volta. «Che ci fai qui? Non ne hai combinate abbastanza? A casa. E di' a tutti che giovedí alle otto interrogo a tappeto. Fila!»

«Biflo, se non fosse che sei l'unico in grado di passare a tutti i compiti in classe, te lo giuro, io oggi ti ammazzerei! E ti farei pure pagare la pallottola, come in Cina». La classe applaude Ciàina e si disperde nella sera tra i condomini dormitorio. Nihi e Grafo ne approfittano per un interminabile bacio fuori dalla porta. È un gruppo laocoontico immerso nel buio e, quando escono, Ferrosi e la Sabini non s'accorgono di loro. I due prof si scambiano un primo timido bacio. Pig fotografa col cellulare. Grafo propone di immortalare ogni amore sul muro della scuola e, stretto a Nihi, pennarelli alla mano, si fa niente nella notte. In due.

L'indomani sul muro del liceo una grande scritta, "Ferrosi & Sabini", dentro un grande cuore, seguita da un piú piccolo e quasi illeggibile "Ti amo Nihi", accoglierà gli studenti. Quelli che ci saranno. Sicuramente tutta la terza B.

SOGNI

Ciccia-Razio si accascia sul letto vestita. Lei si costringere ad essere sempre presente a se stessa, ma non è semplice come sembra, costa fatica. Ripensa nel dormiveglia alla giornata che si è appena lasciata alle spalle. Ripensa a quanto è accaduto e a cosa si sarebbe potuto fare di meglio. Probabilmente nulla. Si accorge che non ha mai cercato Picchio, il suo ragazzo, e questo forse vuol dire qualcosa. Vuol dire che le piace stare nel "gruppone", in quella classe che fino alle otto del mattino non conosceva. Chissà se ritornerà una giornata cosí vivace, di quelle da ricordare per tutta la vita, da raccontare anche ai nipoti? Chissà se poi tutti torneranno ad essere quelli di prima, quindici estranei condannati a condividere assieme cinque ore ogni giorno per sei giorni alla settimana? Spera di no. Anche i professori le sono sembrati diversi. E se Cadei le ha fatto un po' pena e la Perussini in fondo è una brava donna, Ferrosi non lo digerisce proprio. Tipico maschio che tira bidoni. Povera Sabini, in che guaio s'è messa!

Pensando e ripensando scivola nel sonno. E sogna. Sogna cosí forte che al risveglio non ricorderà nulla. Ma doveva essere un sogno bello se risponde alla sveglia con un sorriso.

Grafo è ospite a casa di Nihi. Entrano piano sperando che la mamma stia già dormendo. Niente da fare, aspetta come al solito, appisolata davanti al televisore. «Sono con un amico. Gli faccio vedere una cosa e poi va via...» Sgusciano nella cameretta di lei e chiudono la porta. Si sente la mamma ciabattare, interruttori che si spengono e nella casa scende la nota solitudine di notti sempre uguali. Ma per Nihi è una notte speciale. Sí, tra i peluche e i manifesti dei concerti, sotto le lenzuola a fiori rosa fanno l'amore. Per lui è la prima volta. Ma non occorre dirlo e Nihi non lo chiede. Non fiatano, si stringono forte, cosí forte quasi da farsi male. Si tolgono il respiro nell'abbraccio, se lo restituiscono con tante carezze. Timore di fare male, paura di non dare piacere. E infine tutto si scioglie in un dormire abbracciati stretti come fossero bambini col vecchio orsacchiotto di pezza. Se da grandi dimenticheranno quell'emozione, l'imbarazzo, il desiderio, vorrà dire che la vita, nel suo continuo divenire, li ha privati della maturità. Ma loro non si pongono ora queste domande e dormono il sonno del giusto, cercando solo di farsi uno in due. Senza disturbarsi, senza dolore. Abbracciati stretti stretti per una notte che sembra voler farsi eterna.

Biflo rientra sperando di evitare l'interrogatorio. Quelli di sua madre sono sempre benevoli, ma purtroppo ci sono. Mamma condivide, vuole condividere. «Ti sei divertito? Raccontami. Cosa hai mangiato?» La descrizione della pizza, sapientemente infiorettata, porta via cinque minuti. «Ma chi c'era?» «I soliti, mamma!» È praticamente la prima volta in vita sua che esce con amici e già gli sembra di non aver mai fatto nulla di diverso dalla nascita. «La classe». «Dài, racconta». La mamma sa che è importante avere un dialogo col figlio. «Ma nulla, mamma, una serata come le altre. Sono stanco, vado a dormire. Bacio bacio».

Una serata come le altre? E quando mai! Quel giorno gli ha cambiato la vita. Metti anche che la Perussini dimentichi e perdoni sul serio, ma lui, Biflo, andrà ancora a cena coi compagni di classe o a casa di Ciàina o degli altri? Lo vorranno ancora nel gruppo o tutto sparirà all'improvviso, lasciandolo di nuovo solo a fare il bravo ragazzo tutto mamma e studio? Biflo è eccitatissimo. Non riesce a prendere sonno e si gira e rigira nel letto. Ha indossato il pigiama a fior di loto, questa volta a proposito. Pensa che non lo cambierà mai, come ricordo eterno. Possibile che non si senta in colpa? Possibile che non pensi a quanto ha fatto e a quanto inciderà in futuro il suo gesto? Possibile. Possibile perché è da sempre che aspettava il momento di essere come gli altri e tra gli altri, e questo è piú importante di tutto il resto. Alla Perussini chiederà scusa, studierà di piú. Ma adesso ha anche lui degli amici. Chissà che sabato sera qualcuno non proponga di andare a mangiare una pizza tutti assieme da Mimmo! E in questo sogno si culla e finalmente s'addormenta.

«Ma sono sul serio diverso? Sono sul serio gay?» Al rientro a casa, come al solito, c'è solo Filippa. I genitori sono a una cena di lavoro e Ucciucci-Outing non ha nessuna voglia di guardare con lei il reality show. A letto, dunque, anche se dopo una giornata cosí si fa fatica ad addormentarsi. «Ma cosa significa poi essere diverso? Sono diverso da chi?» Certo, le donne gli fanno paura, gliene hanno sempre fatta. Primeggiano, sono brave in tutto. E lui no. Cosí sta meglio con i ragazzi. Ma quali? A furia di cambiare scuola, di venir sbatacchiato una volta in un circolo del tennis, un'altra a inglese, calcio, palestra, piscina, conosce mezzo mondo, ma non ha un amico. C'è una squadra di basket dove gioca volentieri, perché lo sport gli piace. Ed è bravo e generoso. Negli spogliatoi "battono il cinque", ridono, fanno battute. È in quegli spogliatoi che ha cominciato a guardare i corpi degli altri e a confrontarli col suo. Forse anche a invidiare qualcuno, a temere misure e confronti. La sua ossessione. Finita la partita, tutti vanno per le loro strade e chi si è visto si è visto. Lui poi ha sempre mamma ad aspettarlo, ha sempre mamma in panchina a tifare per lui, ha sempre mamma a suggerire all'allenatore cosa si deve o non si deve fare. A poter tornare a casa con qualcuno, forse...

Ma cosí non ha un amico. O forse adesso un amico ce l'ha, Bru-Papillon. Magari parlando con lei, confidandole quello che fatica a dire anche a se stesso, scoprirà se realmente certe fantasie che lo assalgono all'improvviso sono vere o solo un parto della sua testa che non funziona come mamma vorrebbe. Bru è una cara ragazza, molto sensibile. Brutta è brutta, ma siccome lui non ha mai provato niente per il corpo femminile... "Immagina se presentassi a mamma Bru... mamma, ti presento la mia ragazza. Sviene". Ride al pensiero della sua mammina tutta cremine e profumi alle prese con l'odore di zolfo della pelle di Bru. «È un'idea, vediamo domani!» Poi ripercorre la giornata, fotogramma dopo fotogramma. E in fondo i ragazzi della sua nuova classe non sono poi cosí male come aveva pensato.

Bru-Papillon è in fibrillazione. Quella che le sembrava una vita piatta e monotona all'improvviso è diventata un'avventura simile a quella dei suoi libri, un vero e proprio romanzo da mettere minuziosamente sul diario, il suo unico confidente. Scrive fino a notte tarda, cercando di non perdere un passaggio, un particolare. E scrive ancora e ancora. Scrive che se anche lui pensa di essere gay, o se anche lo è, lei capisce, perché i diversi si capiscono e anche lei è diversa. Scrive che in fondo siamo tutti diversi e che il difficile sta solo nell'accettare l'esistenza della diversità. Le piace quello che scrive, non le sembra sciocco. In fondo quindici persone sono riuscite a dare vita a una giornata come quella appena trascorsa. Chissà come l'hanno vissuta gli altri? Da una cosa negativa ne sono venute altre, in un crescendo d'emozioni. Ma sí, domani chiederà a Outing, si parleranno. Tanto a lui, che lei sia bella o brutta non interessa. E poi anche contro la bruttezza si può fare qualcosa. Intanto truccarsi un po'. Poi dismettere vestiti anonimi. E poi sorridere. Elenca tutte le cose che farà a partire dal domani. Ginnastica, un taglio di capelli... sí, non c'è solo il latino a scuola. Magari ci sono anche altre persone che vivono come lei. O si vivono come lei. S'addormenta sognandosi con un volto favoloso nel nuovo look e il corpo bellissimo in un vestito alla moda. Abbracciata a Outing. Solo abbracciata, perché sono solo amici.

«Questa notte scusatemi, ma non posso venire in negozio». I genitori di Ciàina rimangono sorpresi, ma non dicono nulla. «Domani a scuola è una giornata importantissima e devo essere preparata». È la prima volta in vita sua che infrange una regola familiare. Per fortuna che la mamma capisce. "Che bello, sto diventando italiana" pensa tra sé e sé. "Significa che sto diventando come gli altri. Che posso vivere come gli altri!" Zippo la segue scodinzolando. «No, Zippo, i boeri sono finiti». Il cane pare capire, non senza una certa delusione. La mamma l'aspetta in cucina e lei le racconta a grandi linee la giornata. Si vogliono un mondo di bene, lei e la mamma. Tutto, ma proprio tutto non si può raccontare, ma è sempre meglio confidarsi. «Non è che avrete problemi?» «Credo di no, mamma. Però domani dobbiamo rispettare i patti, e anche dopodomani e dopodomani ancora... e mi sa che sarà fino alla fine dell'anno! Ci ricattano con lo studio e la puntualità». «Col vostro dovere, non è un ricatto». «Infatti, ma siccome non tutti sono cinesi!» Ride. A lei e alla mamma piace essere cinesi, ne sono orgogliose e fiere, ma dopo tanti anni piace anche sentirsi italiane, meno legate a tradizioni e obblighi. Hanno entrambe adottato la "politica dei piccoli passi", come la chiamano tra di loro. Ogni piccola conquista serve da base per le successive, tutte solo apparentemente insignificanti. Alla fine del percorso ci sarà il cambiamento, non c'è fretta.

La mamma va al lavoro, Ciàina a letto. «Mi racconti anche a me?» chiede la sorellina. E Ciàina le racconta la fiaba di un bambino bravissimo che per errore, una mattina, chiude in un bagno la professoressa. «Lui si spaventa, e in preda alla paura la lega e l'imbavaglia. Ma i suoi amici...»

È la prima notte senza una telefonata di Big Jim. Una liberazione. Vale è assolutamente stupita dalla sua insensibilità. Possibile che non gliene importi nulla? Possibile. Proprio nulla. Tanto lei ha sempre pensato che i ragazzi sono come gli autobus, perso uno prima o poi ne passa un altro. E poi, comunque, da tempo fingeva d'amarlo. Era già successo con gli altri. All'inizio fuoco e fiamme, paradiso in terra, poi noia mortale e tanta abilità nel simulare. Che noia. Se non sei te stessa a sedici anni, figuriamoci come sarai da vecchia! Cosí è meglio lasciar perdere, comunque. Big Jim per un po' si farà vivo, poi sparirà, salvo riapparire con la sua nuova fiamma convinto d'ingelosirla. E a lei non importerà quasi nulla, visto che di lui ricorda il primo incontro, il primo mese e poco altro. Prima di dormire si mette a ripassare Virgilio. Farà la sua solita figura da mediocre, ma anche a ciò è comunque abituata. Non è brillante e non le importa esserlo. Non ha invidie, non ha nemmeno ambizioni. Vorrebbe vivere felice e senza pensieri, come quando c'era ancora suo fratello. Comunque anche lui non c'è piú, amen. Si va avanti comunque. In sere come questa anche sorridendo, perché la giornata è stata simile a quella dei telefilm. Arma virumque canò... "Però che pizza quest'Enea, metti che ne incontro uno simile, che faccio? Mi rimetto assieme a Big Jim?"

«L'arsi ossia l'accento del ritmo è per convenzione segnata con l'accento acuto, che è quello che va verso di là come in perché». Firma è rientrata a casa chiedendo prepotentemente l'uso del computer. Ha fatto la sua ricerca, stampato e ora manda a memoria. «I piedi sono di genere pari, doppio o penico. Ecco, ci mancava il penico, questo lo ricordo di sicuro» commenta tra sé. Dattilo, spondeo, anapesto, spondeo ascendente, trocheo, giambo... tutto a memoria, anche gli esempi, fino al bacchío e all'antibacchío. «E cosí vediamo chi ride domani!» Ha una memoria prodigiosa, che le permette di assimilare tutto senza fatica. E soprattutto, non intende farsi prendere in giro da Ciccia e Seno. Anche se, alla fin fine, oggi le sono risultate meno fastidiose del solito. Oggi, a dire la verità, tutti erano simpatici. Soprattutto Ciàina. La cintura ricevuta in regalo sta benissimo, già indossata, e la cinese è molto elegante e ha buon gusto. E anche Bru è simpatica, non è una che se la mena come Ciccia, Seno, Schizzo e Nihi. Domani, finita la scuola, l'inviterà a casa sua. Ha una tintura appena comprata che è fantastica e poi sa anche tagliare i capelli. Sí, domani sequestra Bru e la trasforma. In fondo, in attesa di convolare con un calciatore o diventare velina, si può anche frequentare qualche compagno di scuola. Mal che vadano le cose, si apre un negozio di parrucchiere o di estetista e intanto si fa esperienza.

A casa di Canna ferve il dibattito. Le donne sono in cucina e papà discute animatamente con un amico sul senso del diritto tra disposizione e norma. «L'interpretazione giuridica... ciao, come va?» Saluta il figlio e prova a riprendere il filo del discorso. «Papà, oggi a scuola abbiamo sequestrato la professoressa di latino». In un primo momento la frase pare non sortire effetto, poi l'avvocato scatta sulla poltrona come fulminato. «Cosa?» «Sí, l'abbiamo sequestrata, ma poi l'abbiamo liberata. Per merito mio!» «Cara, vieni a sentire le ultime nuove di tuo figlio!» urla sconvolto. Certa che è l'infarto che lei diagnostica da tempo, la moglie accorre. «Tuo figlio, e ripeto, tuo figlio ha sequestrato la professoressa di latino!» «No, non io mamma, Biflo. Io l'ho liberata!» La signora dell'avvocato chiede dettagli, che le vengono forniti con dovizia di particolari. In ogni situazione Canna, degno figlio di suo padre, è il protagonista. Gli amici di famiglia si godono la scena, rallegrandosi del fatto di non essere mai riusciti a riprodursi.

All'ennesimo "E allora io, ho detto a...", il padre esplode. «Avete commesso piú reati voi quindici in una mattinata di un clan mafioso albanese. Sequestro di persona, concorso in sequestro di...» Al padre l'infarto sta per venire sul serio. «Ma non succederà nulla! La Perussini vuole solo che noi domani entriamo in orario e ci facciamo interrogare in latino! E anche gli altri pretendono la stessa cosa».

L'avvocato è democratico ed è iscritto a tutte le democratiche associazioni di categoria. Sua moglie è attiva in varie no profit e onlus. Entrambi hanno fatto la rivoluzione e per alcuni anni anche la lotta di classe. Sono cioè quanto di meno democratico esista come genitori. E mentre entrambi discutono su quali provvedimenti prendere per porre riparo alla catastrofe, gli ospiti e Canna si defilano. I primi verso la porta, lui in camera da letto.

Le voci concitate dei "vecchi" lo aiutano a scivolare nel sonno. Non è la prima volta che li sente discutere a causa sua. «Perché è colpa tua, se tu non l'avessi sempre protetto...» «Eh no, mio caro, sei tu che lo trascuri e lo castri!» «Io lo castro? Ma se sei tu che...» «Buonanotte Canna, hai colpito anche questa volta» si sussurra felice, regolando la sveglia per le sette.

Ferrosi non dorme. E neanche la Sabini. Però sono anche loro a letto. Lei è un po' preoccupata per il giorno successivo. «E se non ci svegliamo in tempo?» Lui le cuce la bocca con un bacio da kolossal americano. Si sente molto Kevin Costner piú che Robin Williams. Sexy e maschio. E poi è amore vero questo, mica una botta e via!

La Perussini non dorme o almeno non dorme piú. Ha dormito tutto il pomeriggio e, finito l'effetto dei sedativi, adesso è fresca come una rosa e chiede al marito consigli su come comportarsi. «Fai come senti di fare. Farai bene» le risponde sempre piú assonnato il dottore. «Sí, ma siamo in presenza di reati, c'è l'educazione!» «Tesoro, che ne dici se decidiamo domani mattina? Ti accompagno a scuola io. Ma adesso, amore, proviamo a dormire. Dormici su anche tu». «E se mi fossi presa qualche malattia con quel fazzoletto smoccolato in bocca?» «Tranquilla, cara, farai gli esami. Pensa a qualcosa di bello e prova ad addormentarti». Facile per lui. Ma in fondo cosa c'è di piú bello della malinconia e umanità di Virgilio? «Arma virumque canò...» e si recita a memoria l'Eneide fino a che Morfeo non l'accoglie nelle sue braccia.

Pig è rientrato a casa con l'affanno. È in ritardo col programma. Controlla a che punto sono le musiche e i film che sta scaricando, masterizza una compilation che deve assolutamente dare a un amico e le foto del cellulare, mette su la musica degli 883 e risistema la casa. Tutto a posto. Adesso finalmente può dedicarsi all'ottavo livello di *Spacekiller*, gioco per playstation quasi introvabile di cui lui comunque è maestro indiscusso. Ha già distrutto un'intera comunità di marziani, sgominato orde di venusiane, annientato tutti i saturnini, degli gnomi provenienti da Giove, delle palle di fuoco uraniane, missili nettuniani e astronavi plutoniane. Ora manca Mercurio e la conquista del Sole sarà sua. Smanetta in silenzio colpendo senza pietà dei micromostri mercuriani, inseguito da meteoriti, recuperando energia dalle stelle. Non pensa. Pig non vuole pensare. Seno o Schizzo? Spara una raffica di colpi da brivido col superlaser galattico, ma non s'accorge della scheggia di meteorite che lo colpisce direttamente sul muso dell'astronave. È troppo stanco per ricominciare. Seno o Schizzo? Tutte e due. E sta per addormentarsi sul divano pensando, invero un po' eccitato, che è in un harem con entrambe, quando un'idea lo risveglia all'improvviso. «Oh cazzo, ma questa sera giocava la Juve! E io non so nemmeno com'è andata! Ma che cavolo di giornata è questa?»

Schizzo salta in braccio alla mamma. Tanto la detesta al mattino, tanto le vuole bene la sera, prima di andare a dormire. Lei quella mamma la stritolerebbe in ogni caso: quando non la sopporta e quando la ama. L'ammira per la forza di carattere e da quella forza al contempo si sente schiacciata. Le racconta tutto e la odia quando lei, forte delle cose dette, cerca di parlarle. Giura a se stessa di non raccontarle piú niente, poi cede, poi torna indietro, poi ricomincia. Un faticosissimo viaggio di testa e cuore di una sedicenne che vuole affermare se stessa. Schizzo si sfoga seduta tra le braccia di mamma. Le dice tutto, anche di piú. E la mamma la consola, raccontandole che anche lei alla sua età... «Ecco, ci sei sempre anche tu di mezzo! Cosa ne sai tu di cosa provo per Nihi! Ah, ma no, dimenticavo che tu sai sempre tutto!» Schizzo è in fondo come un gatto randagio, di quelli che si avvicinano, ma bisogna sempre stare attenti a toccarli. Si chiude, sbatacchiando tutte le porte, nella sua stanza, disperata. E la sua è una disperazione resa ancora piú cocente dal fatto che sa che è lei la padrona di se stessa. È lei il suo problema irrisolto. Che fatica crescere quando si è sensibili. E buoni. E intelligenti. Quando sei solo con le tue qualità positive e ti sembra di vivere in una gabbia costruita solo per te dalla troppa libertà! Schizzo prova rabbia solo per sé. Meglio annullarsi negli Startrashsound.

Bis, ossia la tragedia del giullare. Lui sa le barzellette, lui si fa dare dello stupido da tutti, fa ridere perché in cuor suo si diverte a vedere gli altri farlo. Lui ha il suo Signore che segue fedelmente, con Canna si rolla i cannoni, per Canna e gli altri trova l'erba. Lui è disponibile sempre e per tutti. E questa sera è pure sbronzo. Ha bevuto forse un po' troppa birra, la testa gli gira, vede doppio. Non osa distendersi perché sa che se lo fa vomiterà. E si maledice e stramaledice quella sua disponibilità a stare sempre al gioco degli altri. «Bis, finisci la mia birra!» «Bis, qua c'è ancora un fondo...» «Bis, ma quanto ti sei strafatto questa sera?» Amici. Ma che cavolo di amici sono questi? E dove sono quando uno s'inginocchia sulla tazza e rimette anche l'anima? E lo fa in silenzio, perché mamma e papà non sentano, per non disturbare nessuno.

Bis è stufo di essere il giullare della classe, il servitore di Canna, l'essere invisibile di ogni ragazza che incontra. È stufo di lavorare per tutti e soprattutto è stufo del ruolo che gli hanno stampigliato addosso. "Oggi ho fatto piú io di tutti gli altri. E sono stanco, sono tanto stanco" si compiange, vomitando a intermittenza pizza e birra. Poi barcollando s'infila a letto. E non sogna.

A casa di Seno è in corso la consueta partita di rimpallo di responsabilità. Oggetto del contendere un prestito chiesto dal padre e restituito dalla nonna materna per evitare che «si dica che siamo i soliti...». La nonna materna è ossessionata dai pregiudizi, la mamma dalla nonna materna, il papà dalla mamma. E lei sa solo che fra meno di tre anni, soldi o non soldi, se ne andrà in un'università talmente lontana da casa da non poter rientrare nemmeno per Natale. Studia tanto per questo. Per andarsene. Troverà un lavoro, vincerà una borsa di studio. Qualcosa succederà, ma di sicuro non resterà a casa nemmeno un'ora dopo l'esame di maturità. Giudizio sulla giornata? Niente di cosí eclatante come si vorrebbe far credere. Squarta col pensiero ogni singola immagine e ogni persona, e giunge alla matematica conclusione che a tutti i professori (e in particolare alla preside, anche amministratore delegato dell'impresa scuola) va bene cosí. Do ut des o, in alternativa, uno piú uno fa due. Le scappa però un sorriso. S'è divertita. Inconfutabile. E nel dormiveglia immagina la storia d'amore tra Ferrosi e la Sabini. Lei che gli urla: "E queste rate di libri di poesie come ce le possiamo permettere con quello che guadagni?". Lui che risponde: "Sei la solita gretta attaccata al denaro e senza cultura!". Be', rivedere ciò che già si conosce concilia il sonno.

È questione di pochi istanti. L'auto esce dal parcheggio in retromarcia. Guz la vede e frena. Poi l'impatto e il volo. Triplo salto mortale. Cade sul cofano, come uno stuntman. Cade e lí resta. Il motorino è a terra alcuni metri piú in là. Sirene. Autoambulanza e polizia. Lontane le voci concitate di gente in divisa, le lacrime dell'autista. «Non l'ho visto, non l'ho visto. Ma forse non aveva la luce... l'auto è nuova...» Poi la corsa all'ospedale e mamma e papà vicino alla barella, bianchi come cenci. «Non ha niente, è solo svenuto, qualche graffio, forse una slogatura. Per fortuna aveva il casco. Lo tratteniamo per controlli ventiquattr'ore...»

E no. E no che Guz rimane in ospedale proprio domani! «Io domani ho scuola». I genitori lo guardano ancora piú sconvolti. È inutile che i medici rassicurino, il ragazzo non è grave, ma gravissimo. In sedici anni hanno visto di tutto, ma mai un Guz che vuole andare a scuola.

Il ragazzo è agitato. «Devo andare a scuola, voi non capite, io devo andare a scuola, domani c'è una prova fondamentale...» Va bene tutto, basta che si calmi. Rimarrà in ospedale fino alle sette, poi andrà a scuola. E ora tocca al medico ricucire un taglio sul mento e immobilizzare, per precauzione, un braccio. Il dottore si congratula con mamma e papà. «Mai visto in tanti anni, lo giuro, un ragazzo con tanta voglia di studiare! Siete dei bravi genitori. Beati voi!»

VENTIQUATTR'ORE DOPO...

Ore sette. Quindici cellulari moltiplicano in modo esponenziale gli squilli. E le sveglie funzionano tutte alla perfezione. Solo Guz è irraggiungibile. Nihi telefona a Grafo per dirgli che lo ama. Grafo lo scrive sul muro della stanza di lei. Sono solo le sette del mattino e in tredici appartamenti piú una stanza d'ospedale di un'assonnata città è tutto un trillare di sveglie e suonerie.

Schizzo mette sul fuoco il caffé.

«Muoversi o arriverai in ritardo anche oggi». No, oggi no, mia cara. La voce la perseguita in bagno, gracchia come una radio mal sintonizzata, sbiascica parole come colazione... non si può andare avanti cosí... se solo io avessi trattato mia madre come... sbrigati, non devi mica andare a teatro... abbiamo un bagno solo... cosa vuoi oggi per pranzo, per cena, a che ora... Schizzo si è ben vestita, lavata, profumata in meno di dieci minuti. «Trippe. Oggi a pranzo voglio trippe con polenta, in alternativa pane e salame. E a cena un risotto coi tartufi e filetto Strogonoff. Se non c'è va bene pasta al burro, hamburger e purè». Ride. Radio Mamma prosegue, anche se con voce incerta. «Ma ti sembra questo il modo di vestirsi per andare a scuola? Copriti o...» È copertissima. Vestita col vestito migliore, quello per andare a trovare i parenti bigotti. Ride. E riesce a dare persino un bacio alla mamma di primo mattino. «Ciao, buona giornata». La mamma resta immobile sul pianerottolo con la sua tazza di caffè in mano. «Magari si è innamorata» farfuglia sconvolta tra sé e sé.

Schizzo è la prima a raggiungere la scuola. Seguono Bru (ora Papillon) e Firma. Le due confabulano tra loro. «Farò di te la piú bella della scuola» sostiene Firma. «Hai solo bisogno di un altro colore di capelli e di un po' di trucco. Il color topo non dona, ascoltami. E poi mettiti qualcosa che dia risalto al corpo! Non ti sei accorta di quanto è ben fatto il tuo? Sei magra come un grissino, puoi indossare di tutto!» Schizzo ascolta a intermittenza. In un orecchio ha l'auricolare, ma l'altro è libero. Sta per aggredire Firma, ma l'arrivo di Pig la blocca. «Ti ho portato una nuova versione di *Alone is beautiful*. Scarica dalla penna, dài! Questa è dei Roundaround! L'ho trovata ieri notte». Pig è un tesoro, l'aiuta a scaricare e insieme ascoltano, condividendo gli auricolari. Bellissima musica, fantastica interpretazione.

Sono solo le sette e trenta. Manca mezz'ora e dieci ragazzi. Che arrivano alla spicciolata. A Ciàina segue Biflo. «Ripetiamo? Io direi che potremmo ripetere». «Io direi che ormai questo alma vilumque canò te lo recito anche in cinese... Biflo, rilassati! L'importante è che ci siano tutti!»

Schizzo telefona a Nihi. «Stiamo arrivando, dammi il tempo di far uscire Grafo da casa senza che mamma se ne accorga!» Ecco, la frittata è fatta, ma comunque affari loro. Schizzo non potrà soffrire anche per loro, le basta la sua sofferenza eterna.

Ed ecco arrivare Ciccia e Seno. Confabulano tra loro. Sembra una mattina come le altre. Sulla loro puntualità si poteva contare. Non su Vale, che non appare nemmeno all'orizzonte. In compenso c'è Big Jim, con la faccia da rottweiler, che aspetta seduto sul motorino fumando nervosamente.

Schizzo intravede, nascosta dietro un cassonetto dell'immondizia, Vale. La va a prendere. «Fidati. Lo mangio vivo!» Prende per mano la compagna di classe, poi, abbracciandola, passa davanti a Big Jim cui dice con fare spavaldo: «Non te l'aveva mai detto? Mi dispiace. Sono cose che capitano». Big Jim mette in moto e impenna. Scompare nel mattino cosí come un mattino era apparso. Schizzo e Vale ridono e chiedono: «Tutto bene?».

Ma sí, tutto bene, anche se ancora quattro mancano all'appello. Canna trascina Bis, bianco come un cencio. «Sono andato a prenderlo a casa. E oggi niente canne! Al limite un altro caffè». All'orizzonte appare la sagoma proteiforme di Nigrahifo. E si disperde anche l'interesse per lo stato di salute di Bis. Alcuni cominciano a ripetere latino coordinati da Biflo.

Ucciucci-Outing arriverà con mamma. Magari all'ultimo minuto, ma arriva sicuramente in orario. Su quella lí si può contare. «Che fine ha fatto Guz?» Ucciucci è preoccupato. Guz è l'unico che manca all'appello. «Non risponde al cellulare. Schizzo, fa' qualcosa!» implora Vale.

Nel parcheggio prospiciente la scuola la Perussini assiste alla scena dall'auto col marito al fianco, come in un drive in. «Ne mancano due, ma uno lo accompagna la madre, arriverà di sicuro». Indica allo sposo chi l'ha sequestrata, gli racconta, ragazzo per ragazzo, chi sono, come si comportano, cosa sanno e fanno e cosa non sanno e non fanno. Lui ascolta paziente. È anche un medico, in fondo. Sua moglie gli indica colleghi e colleghe, bidelli e bidelle, e i tanti nomi sentiti per anni si fanno volti. Anche la preside, che entra sicura del far suo salutando. Ricambiata.

Ucciucci-Outing scende dall'auto e si getta su Bru. «Fa' finta di niente, non dire nulla. Fa' finta che mi ami e basta, ti spiego dopo». La bacia a lungo o almeno finché non sente il rumore del motore del macchinone materno dare di testa e sgommare in una retromarcia alquanto discutibile. Gli astanti applaudono. La Perussini è sbigottita. «Ma questa non è la classe che conosco. Non è che la botta in testa possa...?» Il marito la tranquillizza. Solo ragazzi, solo adolescenti.

Sono le otto meno cinque e Guz non si vede. Schizzo ha provato a telefonare anche a casa, ma anche lí non risponde nessuno. Il cellulare è scollegato. Se Guz non appare, sono tutti finiti. Le bidelle cominciano a far confluire i giovani in atrio come si fa coi pulcini in un pollaio. Anche perché Peppino ha bisogno di spazio per cancellare con la vernice quella scritta indecente: "Ferrosi & Sabini"! La preside l'ha notata e ha dato immediate disposizioni. Hanno persino costretto il povero Peppino a mettersi al lavoro prima delle otto, proprio quando prepara le pizzette per la ricreazione! Peppino è indignato.

Guz non c'è. Tutti s'accalcano alle vetrate sperando di sentire il rombo del suo motorino. C'è ansia, paura. Cosa succederà se manca? Si rende conto che devono essere tutti presenti per rispettare la promessa? Dov'è Guz? Perché non arriva? Schizzo è fuori di testa. «Gli è successo qualcosa, lo conosco, lui non sa tradire!» Vero.

Ecco che il ragazzo scende da un'autoambulanza. Un braccio al collo, una faccia incerottata e il solito collare. Sono le otto in punto. «Ragazzi, ce l'ho fatta. Ho convinto un infermiere a portarmi a scuola. In cambio gli risistemo il motorino!» Vorrebbero tutti sapere cos'è successo, ma è meglio correre in classe. Schizzo aiuta Guz a farlo. «No, dài, faccio da solo, in fondo non è stato niente, mi sono solo schiantato su un'auto che usciva da un parcheggio!»

«Ci sono tutti, ci sono tutti sul serio!» La Perussini è euforica e abbraccia con particolare enfasi il marito. «Ha funzionato! Magari sono anche capaci di aver studiato. Cosa faccio, amore? Vado e li interrogo?» Un buon medico non suggerisce mai, induce. «Arriveresti comunque in ritardo. Per questa volta che ti aspettino loro...»

Idea geniale. Tanto piú che in lontananza si stagliano due figure che, mano nella mano, cercano di guadagnare il portone. «Amore, non correre, non ce la faccio a starti dietro». «Corri, corri, siamo in ritardo».

Ferrosi e la Sabini entrano trafelati a scuola alle otto e tre minuti, accolti con fastidio da Peppino e guardati (o annusati) con curiosità da Maria e Nives.

«Professor Ferrosi, – annuncia con solennità Maria, – la signora preside mi ha detto di dirle che, quando avrà la compiacenza di arrivare a scuola, potrà andare a fare supplenza in terza B. La Perussini ha chiamato per dirci che è ammalata».

«Sono arrivati tutti, anche Ferrosi e la Sabini, – commenta sorridendo la Perussini. – Io il certificato medico ce l'ho senza problemi, ho avvisato dell'assenza, e ora?» «E ora andiamocene da qualche parte. Perché mica tutto è scuola e la scuola non è tutto». La Perussini annuisce. E il dottore sgomma. In fondo, se non sai essere almeno un po' adolescente da grande, significa che non ti sei mai addentrato nella malinconia e nello slancio vitale dell'umanità. Arma virumque cano.

INDICE

NELLA STESSA COLLANA:

Valentina Misgur, *Trovami un giorno*
Sophie McKenzie, *Sei passi per conquistare una ragazza*
Sabrina Rondinelli, *Camminare correre volare*
Deborah Gambetta, *Viaggio di maturità*
Francesca Longo, *In gita di distruzione*
Guido Sgardoli, *O sei dentro o sei fuori*
Sabrina Rondinelli, *La nostra prima volta*
Paola Capriolo, *No*
Patrizia Marzocchi, *Il viaggio della speranza*

Finito di stampare nel mese di aprile 2010
per conto delle Edizioni EL
presso Grafica Veneta S.p.A., Trebaseleghe (Pd)